£2

Dictées pour progresser

1

DANS LA SÉRIE MÉMO

Conjugaison française, Librio n° 470
Grammaire française, Librio n° 534
Orthographe française, Librio n° 596
Difficultés du français, Librio n° 642
Conjugaison anglaise, Librio n° 558
Grammaire anglaise, Librio n° 601
Vocabulaire anglais courant, Librio n° 643
Conjugaison espagnole, Librio n° 644
Le Calcul, Librio n° 595
Solfège, Librio n° 602

Mélanie Lamarre

Dictées
pour progresser

Librio
Inédit

Sommaire

Avant-propos 7

Étape 1 : *On commence en douceur sur terrain plat* 9
La ponctuation, les consonnes finales et doubles, les mots
féminins : quelques rappels de base
   1. La ponctuation 10
   2. Les consonnes finales muettes 11
   3. Les consonnes doubles............................... 12
   4. Les noms féminins en *-té* ou *-tié* 13

Étape 2 : *Un peu de faux plat au milieu des champs* 19
Rappel de quelques désinences temporelles
   1. Les désinences de la 1re personne du singulier du
      présent de l'indicatif................................. 20
   2. Les désinences de la 3e personne du singulier du
      présent de l'indicatif................................. 21
   3. Les désinences du passé simple 22
   4. Verbes en *-ger* et *-guer* 23
   5. Verbes en *-eler* et en *-eter* 24
   6. L'impératif présent 25

**Étape 3 : *Première côte dans les sous-bois : attention à
ne pas se prendre les pieds dans les racines !*** 32
L'accord des adjectifs et des noms composés
   1. L'accord des adjectifs 33
   2. L'accord des adjectifs de couleur............... 34
   3. Le pluriel des noms composés.................. 35

**Étape 4 : *Deuxième côte dans les sous-bois : il vaut
mieux savoir distinguer un champignon comestible
d'un champignon vénéneux...*** 39
Les homophones les plus courants
   1. et *ou* est.. 40
   2. a *ou* à... 41
   3. ou *et* où 42

4. ce *et* se, c'est *et* s'est, c'était *et* s'était 43
5. on *et* on n' 44

Étape 5 : *Vers les sommets : endurance et concentration.*
Ne pas relâcher l'effort ! 51
Le participe passé
  1. L'accord du participe passé avec l'auxiliaire *être* 52
  2. L'accord du participe passé avec l'auxiliaire *avoir* 53
  3. Le participe passé des verbes pronominaux 54
  4. Participe passé en -*é* ou infinitif en -*er* ? 56

Étape 6 : *Sur les crêtes : grande agilité requise, attention*
aux précipices ! 66
Savoir distinguer les temps
  1. Participe passé ou temps conjugué ? 67
  2. Passé simple ou imparfait de l'indicatif ? 68
  3. Futur ou conditionnel présent ? 69
  4. Eut *et* eût, fut *et* fût 70

Étape 7 : *Encore quelques obstacles éparpillés sur le chemin*
du retour, la descente peut réserver des surprises... 76
De *tout* à *quoique* en passant par les *adverbes en -ment*
  1. Tout 77
  2. Leur 78
  3. L'accentuation 79
  4. Les mots invariables 80
  5. Les adverbes en -*ment* 81
  6. L'inversion du sujet 82
  7. Quel[le][s] *et* qu'elle[s] 83
  8. Quoique *et* quoi que 84

Tableau phonétique des voyelles et des consonnes
mentionnées 94

Avant-propos

L'orthographe peut être un véritable cauchemar... Sensation désagréable de ne rien contrôler, mauvaises notes en dictée, découragement... Et pourtant, il existe des moyens simples et fiables de savoir bien écrire la langue française : les règles. Des règles que l'on a souvent déjà apprises mais que l'on a oubliées, des règles qui, une fois bien comprises, seront des guides infaillibles pour l'exercice de la dictée et, plus généralement, pour la maîtrise de l'orthographe.

C'est pourquoi nous avons choisi de composer un livre de dictées, à l'usage des moins assurés et de leurs parents, qui serait aussi un petit manuel éclairant certains points d'orthographe et de grammaire.

En effet, une dictée ne peut être fructueuse que si elle a été préparée. Chaque dictée est ainsi centrée sur une difficulté précise dont la règle est auparavant expliquée. Nous vous conseillons de bien lire cette règle avec l'élève et de voir s'il est capable d'en expliquer de nouveau les exemples, avant de commencer la dictée. Puis lisez-lui le texte une première fois en vous assurant qu'il en a bien compris le sens. N'hésitez pas à vous arrêter en cours de lecture pour être sûr que la signification d'un mot ou d'une phrase ne lui échappe pas car l'orthographe découle bien souvent de la compréhension. Dictez ensuite le texte avec la ponctuation et n'oubliez pas d'épeler les noms propres. Puis laissez à l'élève un temps de relecture. Enfin, corrigez la dictée avec lui et faites-lui réécrire les mots incorrects. Il serait bon qu'il se constitue un petit carnet d'orthographe dans lequel il consignera tous les mots qui lui étaient étrangers et se les appropriera en les relisant afin d'en conserver la bonne image.

Si l'élève a vraiment de très grosses difficultés, vous pouvez aussi choisir de le mettre en confiance en lui faisant d'abord lire le texte et en lui faisant souligner les mots dont l'orthographe lui semble difficile.

Les mots en italique renvoient à la difficulté traitée dans la règle, et l'objectif à atteindre est de ne faire aucune faute sur ces mots.

Chaque dictée est suivie de commentaires renvoyant aux mots

en gras dans le texte. Ils sont composés de remarques grammaticales et lexicales et sont destinés aux parents. Les remarques lexicales donnent le sens en contexte des mots qui nous ont semblé difficiles. Elles faciliteront le travail d'explication du texte en évitant d'avoir recours au dictionnaire. Les remarques portant sur l'orthographe et la grammaire serviront plutôt lors de la correction, pour expliquer à l'élève certaines de ses fautes ne portant pas sur la règle de la leçon.

Enfin, nous avons choisi de transcrire les sons en suivant l'alphabet phonétique international qui attribue un symbole à la prononciation d'un son. Ainsi, pour savoir ce que signifie ce signe : [y], reportez-vous à l'alphabet phonétique en fin d'ouvrage ; vous verrez qu'il sert à noter le son « u » de « nuage », par exemple.

Nous avons organisé ce livre comme un parcours progressif et méthodique, une sorte de randonnée en montagne qui doit donner à l'élève les meilleurs réflexes et le conduire au sommet des difficultés orthographiques. Mais l'on pourra aussi faire les dictées dans le désordre, en fonction de ses motivations et de ses faiblesses.

Nous avons choisi des textes courts, afin de l'aider à bien se concentrer sur la difficulté étudiée, et éviter qu'il ne se décourage. Nous avons tenté de sélectionner des extraits variés, puisés dans la littérature française comme dans la littérature étrangère, classique ou contemporaine, mais aussi dans des textes philosophiques, des documents, et même dans... un livre de cuisine, pour tenter d'éveiller sa curiosité. Car on ne le répétera jamais assez : l'orthographe ne s'acquiert qu'en lisant...

En attendant, nous espérons que vous trouverez ce petit guide utile et qu'il accompagnera en toute confiance votre progression.

Vous pouvez aussi vous aider des Librio déjà parus dans la série Mémo comme : *Grammaire française* (n° 534), *Conjugaison française* (n° 470), *Orthographe française* (n° 596) et *Difficultés du français* (n° 642).

Bonne route !

Étape 1

On commence en douceur sur terrain plat

La ponctuation, les consonnes muettes et doubles, les noms féminins : quelques rappels de base

1. La ponctuation
2. Les consonnes finales muettes
3. Les consonnes doubles
4. Les noms féminins en *-té* ou *-tié*

Leçon n° 1

La ponctuation

La ponctuation n'est pas un élément facultatif mais indispensable au texte. Elle permet de le structurer et d'en faciliter la lecture et la compréhension. Il ne faut donc pas la négliger.

On rappelle les principaux signes de ponctuation et leur fonction[1] :

- pour finir une phrase : le point /./, le point d'interrogation /?/, le point d'exclamation /!/, les points de suspension /.../.

- à l'intérieur d'une phrase : la virgule /,/, le point-virgule /;/, les deux points /:/.

- pour citer une parole : les guillemets /« »/.

- pour annoncer un changement d'énonciateur dans le discours direct : le tiret /—/ employé seul.

- pour encadrer une information secondaire : les parenthèses /( )/, les crochets /[ ]/.

- pour encadrer une information et la mettre en relief : le tiret répété /– –/ [que l'on ne répète pas toutefois si le groupe qu'il isole coïncide avec la fin de la phrase].

⚠ Ne pas oublier la majuscule après les signes de ponctuation suivants quand ceux-ci terminent une phrase : /./, /?/, /!/, /.../ et lorsqu'il y a un changement d'énonciateur dans le discours direct (donc après /: «/ et /–/). C'est important !

Cf. dictée 1

---

1. Pour plus de détail sur l'utilisation des différents signes de ponctuation, voir Nathalie Baccus, *Orthographe française*, Librio n° 596, p. 22 à 24.

Leçon n° 2

Les consonnes finales muettes

En français, un certain nombre de consonnes finales ne se pro-noncent pas : on dit qu'elles sont « muettes ». Ainsi, pour écrire correctement un mot, on peut penser :

- à sa forme féminine s'il s'agit d'un adjectif : blanc/blanche, grand/grande, amoureux/amoureuse...

- à des mots de la même famille s'il s'agit d'un nom : un fusil/fusiller, le respect/respecter, le mépris/mépriser...

Cf. dictée 2

Leçon n° 3

Les consonnes doubles

• Les mots commençant par **ac-** ou **oc-** prennent généralement deux *c* : accompagner, accorder, accueillir, accrocher, occuper, occulter, occasion...

Exceptions : académie, acacia, acompte, acariâtre, oculaire, ocre, etc.

• Les mots commençant par **ap-** prennent souvent deux *p :* appétit, apprendre, apprivoiser, appareiller...

Exceptions : apercevoir, aplatir, aplanir, apaiser, apitoyer...

• Les mots commençant par **sup-** prennent aussi généralement deux *p* : supplémentaire, supplice, supporter...

Exceptions : suprême, suprématie, superlatif...

• Les mots commençants par **at-** prennent souvent deux *t* : attirer, attendre, attaquer...

Exceptions : atelier, atroce, atermoiements...

Cf. dictée 3

Leçon n° 4

Les noms féminins en -té ou -tié

Les noms féminins se terminant par le son [e][1] s'écrivent -ée pour la majorité d'entre eux : une idée, une cheminée, une giroflée, une raclée...

Exception : une clé.

⚠ Les noms féminins en **-té** ou **-tié** se terminent par -é : une qualité, la pitié, la bonté...

Exceptions :

- des noms exprimant le contenu : une charretée = le contenu d'une charrette, une brouettée = le contenu d'une brouette...

- et des exceptions : la dictée, la montée, la pâtée, la jetée, la portée, la butée.

Cf. dictées 4 et 5

---

1. Cf. tableau phonétique en fin d'ouvrage.

Dictée n° 1

Cf. leçon 1, p. 10

Le sort d'un vieux chien fidèle

Lire une fois le texte à l'élève en insistant sur les pauses, les intonations et les changements de voix indiqués par la ponctuation. Puis dicter le texte en dictant aussi la ponctuation.

Un paysan avait un chien fidèle qui [...] avait perdu toutes ses dents, si bien qu'il ne pouvait plus rien mordre. Et un jour, devant sa porte, le paysan dit à sa femme :

— Demain matin, je prends le fusil et je vais tuer le vieux Sultan qui n'est plus bon à rien.

La femme s'émut de compassion pour la bonne vieille bête fidèle et dit :

— Lui qui nous a [été si fidèle] [...] pendant de si longues années, nous pourrions bien **lui accorder le pain de la grâce** !

— **Eh** quoi ? dit l'homme, tu n'y penses pas ! Il n'a plus aucune dent dans la gueule et aucun voleur n'a peur de lui ; c'est bien son heure de partir à présent. [...]

Le pauvre vieux chien, couché au soleil non loin de là, entendit tout et fut bien triste d'apprendre qu'il devait mourir le lendemain matin.

Jacob Grimm, *Le Vieux Sultan*,
dans *Blanche-Neige et autres contes*, Librio n° 248.

Commentaires

• **lui accorder le pain de la grâce :** image pour dire que le couple de paysans pourrait épargner la mort au vieux chien. Ne pas oublier l'accent circonflexe sur le mot *grâce*.

• **Eh :** interjection que l'on ne doit pas écrire *et* (de même que dans l'expression *eh bien*). Attention à ne pas la confondre avec l'interjection *hé* qu'on utilise souvent pour interpeller quelqu'un ou avant de faire un reproche.

Dictée n° 2

Cf. leçon 2, p. 11

Une découverte macabre

« Mon Dieu ! **m'écriai-je**, qu'est-il donc arrivé ? »
Je m'approchai du lit et soulevai le *corps* du *malheureux* jeune homme ; il était déjà raide et *froid*. Ses *dents* serrées et sa figure *noircie* exprimaient les plus affreuses angoisses. Il paraissait assez que sa *mort* avait été violente et son agonie terrible. **Nulle** trace de *sang* cependant sur ses habits. J'écartai sa chemise et vis sur sa poitrine une **empreinte** livide qui se prolongeait sur les côtes et le *dos*. On [aurait] dit qu'il avait été *étreint* dans un cercle de fer. Mon pied **posa sur quelque chose de dur** qui se trouvait sur le *tapis* ; je me baissai et vis la bague de *diamants*.

Prosper Mérimée, *La Vénus d'Ille*, Librio n° 236.

Commentaires

- **Les consonnes finales muettes de la dictée :**

– Les noms :
Cor**ps**/cor**p**ulent ; den**ts**/den**t**iste ; mor**t**/mor**t**el ; diaman**ts**/diaman**t**aire ; san**g**/san**g**uinolent, do**s**/do**ss**ier, s'ado**ss**er ; tapi**s**/tapi**ss**er, tapi**ss**erie.

– Les adjectifs :
Malheureu**x**/malheureu**s**e, froi**d**/froi**d**e, noirci**e**/noirc**i**, étrein**t**/étrein**t**e.

- **m'écriai-je :** verbe au passé simple, comme tous les verbes conjugués à la 1re personne du singulier dans ce texte. Ils rendent compte d'actions situées dans le passé, bien délimitées dans le temps et précisément datables. Le signaler à l'élève si on voit que celui-ci confond avec l'imparfait.
- **Nulle :** déterminant indéfini qui s'accorde avec le nom auquel il se rapporte (à la manière d'un adjectif), ici « trace », féminin singulier.
- **empreinte :** attention ! s'écrit *e.i.n* à la différence des mots de la même famille que le verbe *emprunter*.
- **posa sur quelque chose :** même sens que *se posa sur quelque chose.*

Dictée n° 3

Cf. leçon 3, p. 12

Les hommes veulent attaquer les dieux, Zeus décide de se défendre

Ils s'*attaquèrent* aux dieux [...].

Alors **Zeus** et les autres dieux se demandèrent quel parti prendre : ils étaient bien embarrassés. Ils ne pouvaient en effet les tuer, et détruire leur espèce en les foudroyant comme les **Géants**, car c'était perdre complètement les honneurs et les *offrandes* qui leur venaient des hommes [...]. Après avoir laborieusement réfléchi, Zeus parla : « Je crois, dit-il, tenir un moyen pour qu'il puisse y avoir des hommes et que pourtant ils renoncent à leur indiscipline : c'est de les rendre plus faibles. Je vais maintenant, dit-il, couper par moitié chacun d'eux. Ils seront ainsi plus faibles, et en même temps ils nous *rapporteront* **davantage**, puisque leur nombre aura grandi. »

Platon, *Le Banquet*, Librio n° 76.

Commentaires

• **Zeus** : Zeus est le roi de l'Olympe (mont où résidaient les dieux de la mythologie grecque).

• **Géants** : le nom prend ici une majuscule parce qu'il renvoie aux Géants de la mythologie grecque, et est donc considéré comme un nom propre. Fils de Gaia, la déesse de la Terre, les Géants déclenchèrent une guerre terrible contre Zeus au début de son règne.

• **davantage** : cet adverbe – invariable comme tous les adverbes – s'écrit en un seul mot. Il ne faut pas le confondre avec le groupe nominal *d'avantages*, contraction de *des avantages* (ex. : Il a obtenu plus d'avantages que lui).

Dictée n° 4

Cf. leçon 4, p. 13

Pour la reine de la fête

La *beauté* de mon choix réunit facilement tous les **suffrages** ; on adora en elle la faveur et l'innocence, qui a bien aussi sa *majesté*. Les heureux parents de Mina s'attribuaient les respects que l'on rendait à leur fille. **Quant** à moi, j'étais dans une ivresse difficile à décrire. Sur la fin du repas, je fis apporter dans deux bassins couverts toutes les perles, tous les bijoux, tous les diamants dont j'avais autrefois fait **emplette** pour me débarrasser d'une partie de mon or, et je les fis distribuer, au nom de la reine, à toutes ses compagnes et à toutes les dames.

Adelbert de Chamisso,
L'Étrange Histoire de Peter Schlemihl, Librio n° 615.

Commentaires

- **suffrages** : deux *f*.
- **Quant** : dans l'expression *quant à moi*, *quant* s'écrit avec un *t*. L'expression signifie « en ce qui me concerne ».
- **emplette** : toujours au singulier dans l'expression *faire emplette de* qui signifie *acheter*.

Dictée n° 5

Cf. leçon 4, p. 13

Les douleurs de la passion

Je lui déclarai un jour que [...] ce qui empoisonnait la *félicité* de mes jours, c'était l'appréhension d'**entraîner** après moi dans l'**abîme** celle qui était, à mes yeux, l'ange consolateur de ma destinée. Elle pleurait de me voir malheureux. Loin de reculer devant les sacrifices de l'amour, elle [aurait] volontiers donné toute son existence pour racheter une seule de mes larmes.

Adelbert de Chamisso,
L'Étrange Histoire de Peter Schlemihl, Librio n° 615.

Commentaires

- **entraîner :** ne pas oublier l'accent circonflexe sur le *i* de ce mot de la même famille que *traîner*, à toutes les personnes et à tous les temps.
- **abîme :** ne pas oublier l'accent circonflexe sur le *i*.

Étape 2

Un peu de faux plat au milieu des champs

Rappel de quelques désinences temporelles

1. Les désinences de la 1re personne du présent de l'indicatif
2. Les désinences de la 3e personne du présent de l'indicatif
3. Les désinences du passé simple
4. Les verbes en *-ger* et *-guer*
5. Les verbes en *-eler* et *-eter*
6. L'impératif présent

Leçon n° 1

Les désinences de la 1re personne du présent de l'indicatif

On rappelle que la désinence d'un verbe est sa terminaison : elle est variable en fonction des temps et des personnes et elle s'ajoute à son radical. À la première personne du présent de l'indicatif, ce n'est pas très compliqué...

- Les verbes du 1er groupe, en *-er*, prennent un **-e** :
Ex. : monter : je monte cette côte avec courage.

- Les autres verbes prennent un **-s** :
Ex. : finir : je finis cette montée et je fais une pause.

Exceptions :

– Certains verbes prennent un **-x** : vouloir > je veux, pouvoir > je peux, valoir > je vaux.

– Certains verbes en *-ir* prennent un **-e** comme les verbes en *-er* : cueillir > je cueille, ouvrir > j'ouvre, offrir > j'offre, assaillir > j'assaille...

– Le verbe *avoir* : **j'ai**.

– Le verbe *aller*, irrégulier, prend un **-s** : je vais.

Cf. dictée 6

Leçon n° 2

Les désinences de la 3ᵉ personne du singulier du présent de l'indicatif

Pour savoir comment se termine un verbe à la 3ᵉ personne du singulier de l'indicatif, se souvenir que les verbes se divisent en deux grandes catégories :

• Les verbes du 1ᵉʳ groupe, en *-er*, prennent un **-e**.
Ex. : prier : il prie pour avoir des bottes de cow-boy à Noël.

• Les autres verbes prennent un **-t** ou un **-d** (les verbes prenant un *-d* étant ceux qui en possèdent déjà un dans leur radical).
Ex. : prendre : il pren**d** son lasso.
Ex. : tendre : il ten**d** les rênes.
Ex. : finir : il fini**t** de ramener les vaches au ranch.

⚠ Les verbes en *-inde*, *-oindre*, *-soudre* perdent le *-d* et prennent un **-t**.
Ex. : il joint à cette lettre un chèque de cent mille dollars.

Exceptions :
– *Avoir* : il a.
– *Aller* : il va.
– *Cueillir, ouvrir, offrir, assaillir,* et *tressaillir* se conjuguent comme les verbes en *-er* [ouvrir > j'ouvre].
– *Vaincre* : il vainc.
Il n'y a donc que trois désinences possibles : *-e*, *-t*, et *-d* (à part pour *avoir*, *aller* et *vaincre*).

Remarques :
– Les verbes en **-yer** changent leur *y* en *i* devant le *e* muet.
Ex. : s'ennuyer > je m'ennuie.
– Mais pour certains verbes en **-yer**, cette transformation est facultative. C'est l'usage qui prévaut.
Ex. : balayer > je balaie ou je balaye ; payer > je paie ou je paye.
On préfère en général la terminaison en *-aie*. Et quelle que soit l'orthographe, il est recommandé de ne pas faire entendre le *e* muet final.

Cf. dictée 7

Leçon n°3

Les désinences du passé simple

Les désinences du passé simple se répartissent en 3 groupes :

- Pour les verbes du 1ᵉʳ groupe et certains verbes du 3ᵉ groupe, on a :
ai, as, a, âmes, âtes, èrent
Ex. : aimer [1ᵉʳ groupe] : j'aimai, tu aimas, il aima, nous aimâmes, vous aimâtes, ils aimèrent.
Ex. : aller [3ᵉ groupe] : j'allai, tu allas, il alla, nous allâmes, vous allâtes, ils allèrent.

- Pour les verbes du 2ᵉ groupe et certains verbes du 3ᵉ groupe, on a :
is, is, it, îmes, îtes, irent
Ex. : finir [2ᵉ groupe] : je finis, tu finis, il finit, nous finîmes, vous finîtes, ils finirent.
Ex. : dire [3ᵉ groupe] : je dis, tu dis, il dit, nous dîmes, vous dîtes, ils dirent.

- Pour les autres verbes du 3ᵉ groupe, on a :
us, us, ut, ûmes, ûtes, urent
Ex. : lire : je lus, tu lus, il lut, nous lûmes, vous lûtes, ils lurent.

Exceptions : les verbes *tenir* et *venir* et leurs composés, qui ont une sonorité en [ĩ] :
ins, ins, int, înmes, întes, inrent
Ex. : obtenir : j'obtins, tu obtins, il obtint, nous obtînmes, vous obtîntes, ils obtinrent.

Remarques :
– Certains verbes n'ont pas de passé simple : absoudre, dissoudre, traire, paître, clore, frire.
– Ne pas oublier l'accent circonflexe sur les 1ʳᵉ et 2ᵉ personnes du pluriel. En revanche, on ne trouve jamais d'accent circonflexe sur la 3ᵉ personne du singulier.

Cf. dictée 8

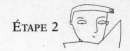

Leçon n° 4

Verbes en -*ger* et en -*guer*

• Les verbes en **-*ger*** (ex. : nager, voyager, partager…) prennent un *e* muet après le *g* et devant *a* et *o* pour conserver le son [ʒ].
Ex. : Je *nageais*, nous *nageons* mais nous *nagions*.

⚠ Les verbes en -*anger* s'écrivent tous a.n.g.e.r sauf *venger* (ex. : ranger, changer, mélanger, manger…).

• Les verbes en **-*guer*** (ex : naviguer, distinguer, fatiguer…) sont réguliers : ils conservent le *u* de leur radical à toutes les personnes et à tous les temps de leur conjugaison.
Ex. : Je *distinguai*, nous *distinguons*, nous *distinguions*.

Cf. dictée 9

Leçon n° 5

Verbes en *-eler* et en *-eter*

• En général, les verbes en **-eler** (ex.: appeler) et en **-eter** (ex.: jeter) prennent deux *l* ou deux *t* devant un *e* muet. Le *e* qui précède la consonne est alors un *e* ouvert (il se prononce comme le *e* de *mer*).
Ex.: j'appell<u>e</u>   *mais*   j'appel<u>ais</u>
Ex.: je jett<u>e</u>   *mais*   je jet<u>ais</u>

⚠ Certains verbes en *-eler* (ex.: geler) et en *-eter* (ex.: acheter) ne redoublent pas le *l* ou le *t* devant un *e* muet: ils prennent un accent grave sur l'*e* pour marquer la différence de prononciation.
Ex.: je gèl<u>e</u>   *mais*   nous gel<u>ons</u>
Ex.: j'achèt<u>e</u>   *mais*   nous achet<u>ons</u>

• Voici les principaux (auxquels il faut ajouter leurs composés):

acheter	geler
celer	haleter
ciseler	marteler
démanteler	modeler
écarteler	peler
fureter	

Cf. dictée 10

Leçon n° 6

L'impératif présent

L'impératif est un mode qui sert principalement à exprimer l'ordre (ex. : Mange ta soupe !), ou la défense (employé dans une phrase négative, ex. : Ne fais pas ça !).

Il ne possède que trois personnes : la deuxième personne du singulier [*mange*], la deuxième personne du pluriel [*mangeons*] et la troisième personne du pluriel [*mangez*]. Pour les autres personnes, on utilise le subjonctif : *que je mange, qu'il mange, qu'ils mangent*.

• Pour bien orthographier la 2e personne du singulier de l'impératif présent :

– Les verbes du 1er groupe se terminent en **-e**, ainsi que quelques verbes du 3e groupe terminés par un *e* muet : chante [chanter], sache [savoir], ouvre [ouvrir], cueille [cueillir].

– Les autres verbes se terminent en **-s** : finis, lis, prends, viens, fais, etc.

Exceptions : aller > va, avoir > aie.

– Les verbes ne se terminant normalement pas en -s prennent un **-s** lorsqu'ils sont suivis des pronoms *y* ou *en* pour faciliter la liaison : manges-en, vas-y.

• Les pronoms personnels qui complètent le verbe à l'impératif se placent tous après le verbe, et sont liés à lui et entre eux (s'il y en a plusieurs) par un **trait d'union** : finis-la, donne-le-moi.

Cf. dictée 11

Dictée n° 6

Cf. leçon 1, p. 20

Doutes et interrogations

— **Oh !** Est-ce que je me *trouve* vraiment dans une seule dimension ? dit-il. Et toi ?
— Pourquoi tout ce que je *dis* est faux ?
— Tout ce que tu dis est faux ? reprit-il.
— Je *crois* que je me suis trompé de **voie**.
— Tu penses peut-être à l'immobilier ? dit-il.
— L'immobilier ou les assurances.
— Il y a de l'avenir dans l'immobilier, si c'est un avenir que tu veux.
— D'accord. Je *m'excuse*, dis-je. Je ne *veux* pas d'avenir. J'aimerais autant devenir un bon vieux maître du monde de l'illusion. Dans une semaine peut-être ?
— Écoute, Richard, j'*espère* bien que ce ne sera pas si long !

Richard Bach, *Le Messie récalcitrant*,
traduit par Guy Casaril, Librio n° 315.
© Richard Bach and Leslie Parrish, Bade, 1977.
© Flammarion, 1978, pour la traduction française.

Commentaires

• **Oh !** : cette interjection exprimant ici la surprise (mais pouvant aussi exprimer l'indignation ou renforcer le sens de la phrase) est toujours suivie d'un point d'exclamation. Il ne faut pas la confondre avec *ho !* qui exprime uniquement la surprise ou l'indignation.
• **voie** : ne pas confondre la *voie* = la route, le chemin, et la *voix* pour chanter.

Dictée n° 7

Cf. leçon 2, p. 21

Les débuts de Kennedy

Avec la mort de son frère aîné, John Kennedy est devenu le porteur des ambitions politiques de son père. Cela ne l'*emballe* pas, mais il *est* résigné. Il *confie* à un ami : « Voilà mon vieux qui *travaille* à l'avenir ; maintenant c'est mon tour, et il *va* falloir que j'y aille. » [...] Dès Noël 1944, en effet, Joseph Kennedy *prend* ses dispositions : il *paie* les lourdes dettes du député **corrompu** [...] à condition qu'il ne *se représente* pas aux élections législatives de novembre 1946.

[...] John y *met* du sien. Il *parcourt* **assidûment** une ville qu'il **connaît** mal, puisqu'il n'y *a* plus habité depuis l'âge de dix ans, et qu'il n'*a* jamais mis les pieds dans les quartiers populaires. [...] Il *est* debout du matin au soir et ne *dort* que quatre heures par nuit pendant des mois.

Claude Moisy, John F. Kennedy [1917-1963], Librio n° 607.

Commentaires

• **corrompu** : prend deux *r*, comme *corruption* et *corruptible*.

• **assidûment** : cet adverbe en -*ment* porte un accent circonflexe sur le *u* : lors de sa formation, on a remplacé le -*e* final de l'adjectif féminin par un accent circonflexe (cf. leçon : Les adverbes en -*ment*, p. 81).

• **connaît** : le *i* prend un accent circonflexe chaque fois qu'il est placé devant un *t*.

Dictée n° 8

Cf. leçon 3, p. 22

Une bataille de boules de neige

La fête *se termina* à minuit et **demi**. Nous *récupérâmes* nos manteaux. [...]

Quand nous *sortîmes*, la rue et les voitures étaient blanches et la neige, comme dans un conte de Noël, tombait à gros flocons.

— Comment je vais marcher, moi ? *gémit* Gladys.

Elle avait aux pieds de fins souliers à hauts talons. Marc Alby lui *présenta* son dos. Elle *monta* dessus et nous dit de faire pareil. Il y avait un cheval de trop puisque nous étions cinq. Je *dis* que je prenais le deuxième tour et qu'en attendant je **compterais** les points. Anna *s'agrippa* au cou de Patrick et se souleva. [...] Je *donnai* le départ. Patrick *reçut* la boule de neige de Gladys en pleine figure et, avec une expression d'intense perplexité, *tomba* à genoux devant un réverbère.

Patrick Besson, *Lettre à un ami perdu*, Librio n° 218.
© Fayard, 2004.

Commentaires

- **demi** : *demi* placé après un nom s'accorde en genre avec ce nom (cf. leçon : L'accord des adjectifs, p. 33). *Minuit* étant de genre masculin, on écrit *demi*.
- **compterais** : conditionnel présent qui joue un rôle de futur dans le passé (cf. leçon : Futur ou conditionnel présent, p. 69). Terminaison : *-ais*.
- **s'agrippa** : un *g* et deux *p*.

Dictée n° 9

Cf. leçon 4, p. 23

Un étrange rayon de lumière

Le rayon arriva à notre hauteur et nous éclaboussa de lumière. Je craignis qu'il me **brûle** la peau, mais il ne *dégageait* aucune chaleur. Il nous dépassa, *s'allongea* sur les dalles du porche, gravit le panneau de la porte monumentale et termina sa course sur la serrure. [...]
Le rayon continua de s'élever et se jeta dans l'ensemble formé par les autres lignes lumineuses. J'eus la sensation d'admirer une constellation dont on aurait relié les points. Je reconnus, ou crus **reconnaître**, des oiseaux superposés dans l'enchevêtrement de traits et de courbes. Mais cela resta confus jusqu'à ce que les rayons se mettent de nouveau à *bouger* [...]. [...] subitement, l'éclat des rayons s'estompa et je ne *distinguai* plus que la coupole lumineuse qui coiffait Guillestre et les environs.

Pierre Bordage, *Nuits-lumière, mystères en Guillestrois*,
Librio n° 564.

Commentaires

• **brûle** : le verbe *brûler* prend un accent circonflexe sur le *u* à toutes les personnes et à tous les temps.
• **reconnaître** : le *i* prend un accent circonflexe chaque fois qu'il est placé devant un *t*.

Dictée n° 10

Cf. leçon 5, p. 24

Un couple fascinant

C'étaient un homme et une femme, tous deux de haute taille, et qui, dès le premier regard que je leur *jetai*, me firent l'effet d'appartenir aux rangs élevés du monde **parisien**. Ils n'étaient jeunes ni l'un ni l'autre, mais néanmoins parfaitement beaux. L'homme **devait s'en aller** vers quarante-sept ans et **davantage**, et la femme vers quarante et plus... […] L'homme […] portait des cheveux courts, qui n'empêchaient nullement de voir briller à ses oreilles deux **saphirs** d'un bleu sombre, qui me *rappelèrent* les deux émeraudes que Sbogar portait à la même place... […] Elle était grande comme lui. Sa tête atteignait presque la sienne.

Jules Barbey d'Aurevilly, *Le Bonheur
dans le crime*, Librio n° 196.

Commentaires

• **C'étaient :** ici, on a accordé le verbe *être* avec le groupe nominal pluriel qui le suit, *un homme et une femme*. Mais on peut aussi choisir de ne pas l'accorder et écrire *c'était*.

• **parisien :** employé comme adjectif, ce nom d'habitant ne prend pas de majuscule.

• **devait s'en aller vers :** *devait avoir environ*.

• **davantage :** cet adverbe – invariable comme tous les adverbes – s'écrit en un seul mot. Il ne faut pas le confondre avec le groupe nominal *d'avantages*, contraction de *des avantages* (ex. : Il a obtenu plus d'avantages que lui).

• **saphirs :** pierre précieuse de couleur bleue.

Dictée n° 11

Cf. leçon 6, p. 25

La pomme

Plus loin, dans d'immenses paniers d'**osier**, **s'entassaient** des citrons doux, des oranges [...]. Un garçonnet leur donnait du luisant en soufflant dessus et en les essuyant avec un chiffon. Les deux mains croisées sur son ventre, le propriétaire le regardait faire d'un œil complaisant.

— Qui me **paiera** une pomme ? s'écria Okkasionne.

— *Donne*-lui une pomme, dit l'homme sans décroiser les bras.

— Non, c'est moi qui la choisirai !

Le montreur cueillit à la surface du panier un fruit velouté et du plus bel **incarnat**.

— *Tiens*, c'est pour toi, fit-il, la tendant à Saddika, elle te donnera des couleurs.

Elle la prit sans rien dire.

— *Mange*-la...

— Je ne **pourrais** pas... [...] À cause de mes dents, finit-elle par ajouter.

— Alors, *rends*-la-moi.

Andrée Chedid, *Le Sixième Jour*, Librio n° 47.
© Flammarion, 1986.

Commentaires

• **osier :** petit arbre aux branches flexibles à partir desquelles on tresse des paniers.

• **s'entasser :** deux *s* pour faire le son [s]. Penser au mot de base, *tas*, à partir duquel le verbe a été formé.

• **paiera :** on peut écrire aussi *payera*.

• **incarnat :** rouge clair et vif.

• **pourrais :** le verbe est au conditionnel parce qu'il exprime une hypothèse rejetée (on peut sous-entendre : « même si je le voulais, je ne le pourrais pas ») (cf. leçon : Futur ou conditionnel présent, p. 69).

Étape 3

Première côte dans les sous-bois :
attention à ne pas se prendre les pieds dans les racines !

L'accord des adjectifs et des noms composés

1. L'accord des adjectifs
2. L'accord des adjectifs de couleur
3. Le pluriel des noms composés

Leçon n° 1

L'accord des adjectifs

• L'adjectif qualificatif s'accorde en genre (masculin/féminin) et en nombre (singulier/pluriel) avec le nom auquel il se rapporte.

Ex. 1 : <u>Le gâteau</u> est *bon*.
Ex. 2 : <u>La tarte</u> est *bonne*.
Ex. 3 : <u>Les cakes et les gâteaux</u> sont *bons*.
Ex. 4 : <u>Les chouquettes et les tartes</u> sont *bonnes*.
Ex. 5 : <u>Les gâteaux et les tartes</u> sont *bons*.

– Si l'adjectif se rapporte à plusieurs noms de même genre, il prend leur genre (ex. 3 et 4).

– Si l'adjectif se rapporte à plusieurs noms de genres diffé-rents, il se met au masculin (ex. 5).

• Les adjectifs *demi* et *nu* placés devant un nom sont invaria-bles. Placés après, ils s'accordent en genre et en nombre avec le nom auquel ils se rapportent.

Ex. : une demi-heure   *mais*   une heure et demie
Ex. : nu-pieds   *mais*   les pieds nus

• Les adjectifs numéraux cardinaux sont invariables (sauf vingt et cent quand ils indiquent des vingtaines et des centaines entières).

Ex. : vingt-quatre   *mais*   quatre-vingts.
Ex. : deux cent cinq   *mais*   deux cents.

• Les adjectifs numéraux ordinaux sont variables.
Ex. : sa première dent.
Ex. : les trois cinquièmes.

Remarque : *mille*, adjectif numéral est invariable, mais *millier, million, milliard*, qui sont des noms, sont variables.

Ex. : mille tartes au chocolat *mais* deux millions de tartes au chocolat.

Cf. dictée 12

Leçon n° 2

L'accord des adjectifs de couleur

• Généralement, l'adjectif de couleur suit la règle d'accord de l'adjectif qualificatif : il s'accorde en genre et en nombre avec le nom auquel il se rapporte.

Ex. : des paquets jaunes, des rideaux roses, une chemise bleue.

• Mais il ne s'accorde pas s'il s'agit d'un nom commun employé comme adjectif. Pour s'aider à les reconnaître, on peut sous-entendre « couleur » avant l'adjectif.

Ex. : une robe [couleur] chocolat, une étoffe [couleur] indigo, des boîtes [couleur] ivoire.

Exceptions : écarlate, fauve, incarnat, rose, mauve et pourpre varient (avec l'usage, on les a assimilés à de véritables adjectifs de couleur).

• De même l'adjectif est invariable :

– Lorsque l'adjectif est un mot composé, que les mots soient réunis par un trait d'union ou pas : des tapis vert bouteille, une robe bleu roi, des cheveux poivre et sel, une couverture lie-de-vin, une mer bleu-vert.

– Lorsqu'un adjectif est accompagné d'un autre adjectif le modifiant : des cheveux blond clair, une laine brun jaunâtre.

Remarque : on écrira *des tartelettes roses et rouges* si certaines sont roses et d'autres rouges. En revanche, on écrira *des tartelettes rose et rouge* si chaque tartelette est à la fois rose et rouge.

Cf. dictée 13

Leçon n° 3

Le pluriel des noms composés

Les noms composés sont formés de deux mots reliés entre eux par un trait d'union ou une préposition, ex. : chou-fleur, boîte aux lettres. Ces deux mots peuvent être :

- un nom + un nom : un timbre-poste
- un nom + un adjectif : un coffre-fort
- un adjectif + un nom : un rouge-gorge
- un verbe + un nom : un cache-pot
- un verbe + un verbe : un jeu de cache-cache
- une préposition + un nom : une arrière-boutique
- un adverbe + un nom : un à-côté.

Pour former leur pluriel :

• Seuls les noms et les adjectifs peuvent prendre la marque du pluriel, et si le sens le permet.
Ex. : un chef-lieu > des chefs-lieux (nom + nom), un coffre-fort > des coffres-forts (nom + adjectif).

• Mais si le second nom a la fonction de complément du premier, qu'il soit introduit ou non par une préposition, il reste invariable.
Ex. : un timbre-poste (« de la poste ») > des timbres-poste, un arc-en-ciel (« du ciel ») > des arcs-en-ciel.

• Enfin, si l'un des éléments est un verbe, une préposition ou un adverbe, cet élément ne varie pas.
Ex. : un couvre-lit (verbe + nom) > des couvre-lits, un à-côté (préposition + nom) > des à-côtés, une arrière-boutique (adverbe + nom) > des arrière-boutiques.

Cf. dictée 14

Dictée n° 12

Cf. leçon 1, p. 33

La télévision, objet de fascination

Durant les repas, Thomas, lui, ne résistait pas au défilé des images. Au début, lorsqu'elles lui semblaient trop *rudes*, trop *brutales* pour l'enfant, il zappait pour quelques instants.

Martin lui paraissant, **chaque** fois, *indifférent* ou *distrait*, il avait renoncé à ces *brefs* intervalles. Thomas estimait qu'il fallait se tenir au courant de ce qui agitait le *vaste* monde. Toutes ces nouvelles finissaient par s'absorber avec impassibilité et sagesse. […] Thomas, comme tant d'autres, avait ses soucis *personnels*, ses *propres* inquiétudes, **auxquels** il fallait faire face avant de se **préoccuper** du reste. […]

Le dessin animé venait de céder la place à une publicité qu'Agnès appréciait particulièrement. De *ravissants* bébés nageaient sous l'eau, s'élevaient dans les airs, composaient un **ballet** *enchanteur*.

Andrée Chedid, *Arrêt sur image*,
dans *Inventons la paix*, Librio n° 338.

Commentaires

- **chaque :** toujours au singulier (comme *chacun*).
- **auxquels :** pronom relatif qui s'accorde avec le nom auquel il se rapporte (ici *ses soucis personnels*, *ses propres inquiétudes :* accord au masculin pluriel).
- **se préoccuper :** deux *c* et un *p*.
- **ballet :** il ne faut pas confondre le *ballet*, qui est un spectacle de danse, et le *balai* pour balayer par terre…

Dictée n° 13

Cf. leçon 2, p. 34

Un jardin merveilleux

Les arbres de ce jardin étaient **tout** chargés de fruits extraordinaires. Chaque arbre en portait de différentes couleurs : il y avait des fruits *blancs*, et d'autres luisants et transparents comme le cristal ; des *rouges*, des *carmin*, des *cerise*, des *pourpres*, les uns plus chargés, les autres moins ; des *verts*, des *bleus*, des *violets*, des *dorés*, des *argentés*, et de plusieurs autres sortes de couleurs. Les fruits *blancs* étaient des perles ; les luisants et transparents des diamants ; les *rouge foncé* des rubis ; les *verts* des émeraudes ; et ainsi des autres. Et ces fruits étaient tous d'une grosseur et d'une perfection à quoi **on n'**avait encore rien vu de pareil dans le monde.

D'après *Les Mille et Une Nuits*,
Aladdin ou la Lampe merveilleuse,
traduit par Antoine Galland, Librio n° 191.

Commentaires

• **Quelques adjectifs de couleur de la dictée :** carmin = nom commun employé comme adjectif, invariable ; cerise = nom commun employé comme adjectif, invariable ; pourpres = variable (cf. exceptions de la leçon p. 34) ; rouge foncé = *rouge* est modifié par *foncé*, les deux adjectifs sont invariables.

• **tout :** *tout* est ici invariable car il est employé comme adverbe. Il modifie l'adjectif *chargés* et il signifie « entièrement » (cf. leçon : tout, p. 77).

• **on n' :** pour ne pas oublier la négation *n'*, il faut remplacer *on* par *nous*. *Nous n'avons encore rien vu de pareil* : on entend le son [n], donc on écrit *on n'* (cf. leçon : on et on n', p. 44).

Dictée n° 14

Cf. leçon 3, p. 35

Au bord de l'eau

Nous avons mis les mots composés de cette dictée au pluriel pour les nécessités de l'exercice.

Sur de petites *plates-formes*, les nageurs se pressent pour piquer leur tête. Ils sont longs comme des **échalas**, ronds comme des citrouilles, noueux comme des branches d'olivier, courbés en avant ou rejetés en arrière par l'ampleur du ventre, et, invariablement laids, ils sautent dans l'eau qui rejaillit jusque sur les buveurs du café.

Malgré les arbres immenses penchés sur la maison flottante et malgré le voisinage de l'eau, une chaleur suffocante emplissait ce lieu. Les **émanations** des liqueurs répandues se mêlaient à l'odeur des corps et à celle des parfums violents dont la peau des marchandes d'amour était pénétrée et qui s'évaporaient dans cette fournaise. [...]

Le spectacle était sur le fleuve, où les *va-et-vient* incessants des barques tiraient les yeux.

Guy de Maupassant, *La Femme de Paul*, dans
Une partie de campagne et autres nouvelles, Librio n° 29.

Commentaires

• **échalas** : bâton qu'on enfonce dans le sol au pied d'un petit arbre pour le soutenir lors de sa croissance.

• **émanations** : odeurs, effluves.

Étape 4

Deuxième côte dans les sous-bois : il vaut mieux savoir distinguer un champignon comestible d'un champignon vénéneux...

Les homophones les plus courants

Les homophones sont des mots qui se prononcent de la même façon mais qui n'ont pas la même orthographe

1. et *ou* est
2. a *ou* à
3. ou *et* où
4. ce *et* se, c'est *et* s'est, c'était *et* s'était
5. on *et* on n'

Leçon n° 1

et *ou* est

Il ne faut pas confondre *et*, conjonction de coordination qui sert à relier deux phrases ou deux éléments d'une phrase, et *est*, verbe *être* conjugué à la troisième personne du singulier du présent de l'indicatif.

Pour les distinguer, retenir qu'on peut remplacer :
et *par* **et puis**
est *par* **était**

Ex. 1 : Il aime le miel **et** le chocolat. / Il aime le miel **et puis** le chocolat.

Ex. 2 : Il **est** très gourmand. / Il **était** très gourmand.

Ex. 3 : Elle **est** partie en vacances **et est** rentrée deux jours plus tard. / Elle **était** partie en vacances **et puis était** rentrée deux jours plus tard.

Cf. dictée 15

Leçon n° 2

a *et* à

Il ne faut pas confondre **à**, préposition et **a**, verbe *avoir* conjugué à la troisième personne du singulier du présent de l'indicatif.

Pour les distinguer, on peut tenter de remplacer la forme qui pose problème par *avait*. Si c'est possible, on est alors en présence du verbe *avoir* et on écrit **a**.

Ex. 1 : Il mange un yaourt **à** l'abricot : préposition, on ne peut pas la remplacer par *avait* [~~Il mange un yaourt *avait* l'abricot~~].

Ex. 2 : Il **a** un yaourt dans son frigidaire : verbe *avoir* conjugué à la troisième personne du présent de l'indicatif, on peut le remplacer par *avait* [Il *avait* un yaourt dans son frigidaire].

Cf. dictée 16

Leçon n° 3

ou *et* où

Il ne faut pas confondre **ou**, conjonction de coordination qui sert à relier deux phrases ou deux éléments d'une phrase, et **où**, adverbe interrogatif ou adverbe relatif.

• **Ou** sans accent grave s'emploie pour coordonner deux termes. Il exprime l'alternative.
Ex. 1 : Tu choisis un gâteau ou une tarte.

• **Où** avec un accent grave exprime le lieu. Il s'emploie :

– dans une interrogation, il est alors adverbe interrogatif :
Ex. 2 : Où est la tarte ? [interrogation directe]
Ex. 3 : Je ne sais pas où elle est. [interrogation indirecte]

– dans une proposition subordonnée relative, il est alors adverbe relatif :
Ex. 4 : La tarte est là où elle est.

À retenir : si l'on peut remplacer *ou* par *ou bien*, on écrit *ou* sans accent grave. Sinon on l'écrit avec un accent grave.
Ex. 1 : Tu choisis un gâteau ou bien une tarte : on écrit *ou*.
Ex. 2 : Ou bien est la tarte ? : ne fonctionne pas : on écrit *où*.

Cf. dictée 17

Leçon n° 4

ce *et* se, c'est *et* s'est, c'était *et* s'était

- *Ce* peut être :
  – un déterminant démonstratif qui se place devant un nom.
  Ex. 1 : Ce <u>vélo</u> est à moi.
  – un pronom démonstratif employé devant un pronom relatif
(*que, qui, dont*).
  Ex. 2 : Je sais ce <u>que</u> je veux.
  – employé de manière abrégée devant le verbe être. On l'écrit *c'*.
  Ex. 3 : C'<u>est</u> son vélo.
  Ex. 4 : C'<u>était</u> une belle journée de printemps.

- *Se* est un pronom personnel réfléchi ; il s'emploie uniquement devant un verbe.
  Ex. 5 : <u>Il</u> s'était levé de bonne heure.
  Ex. 6 : <u>Elle</u> s'est cassé la jambe.

À retenir :

– Employé devant un nom, on peut remplacer *ce* par *le*.
Ex. 1 : Le <u>vélo</u> est à moi.

– Employé devant un pronom relatif (*que, qui, dont*), on peut remplacer *ce* par *cette chose*.
Ex. 2 : Je sais <u>que</u> je veux cette chose.

– Abrégé en *c'* devant le verbe être, on peut remplacer *ce* par *ceci*.
Ex. 3 : Ceci <u>est</u> son vélo.
Ex. 4 : Ceci <u>était</u> une belle journée de printemps.

– On peut remplacer *se* par un autre pronom personnel réfléchi comme *me* (en changeant le pronom personnel sujet du verbe de la phrase).
Ex. 5 : <u>Je</u> m'étais levé de bonne heure.
Ex. 6 : <u>Je</u> me suis cassé la jambe.

Cf. dictée 18

Leçon n° 5

on *et* on n'

À l'oreille, il est difficile de distinguer ***on*** + mot commençant par une voyelle et ***on n'*** + mot commençant par une voyelle. Or la différence est importante puisque, dans le second cas, *on* est suivi de l'adverbe *ne* (abrégé en *n'*), premier élément d'une négation à deux termes [*ne... pas*, *ne... que*, *ne... personne*].

• Observez ces exemples :

Ex. 1 : On aime les pâtes !
Ex. 2 : On n'aime pas les pâtes !
Ex. 3 : On n'aime que les pâtes fraîches !
Ex. 4 : On n'a trouvé personne pour faire des pâtes fraîches.
Ex. 5 : On entend peu l'eau bouillir.

• Pour savoir si l'on est en présence d'une négation, il suffit de remplacer le pronom *on* par un autre pronom personnel, comme *nous*. Si le son [n] subsiste, il faut écrire *on n'*.

Ex. 3 : Nous n'aimons que les pâtes fraîches ! : on entend la négation, on écrit *on n'*.
Ex. 5 : Nous entendons peu l'eau bouillir : on est sûr qu'il n'y a pas de négation, on écrit *on*.

Cf. dictée 19

Dictée n° 15
Cf. leçon 1, p. 40

Les devoirs d'un ami dévoué

La cane et le rat d'eau discutent. Le rat d'eau vient de déclarer qu'il n'existe selon lui rien de plus rare qu'une amitié dévouée...

— Et **quelle** *est*, je vous prie, votre idée des devoirs d'un ami dévoué ? demanda une **linotte** verte perchée sur un saule tordu *et* qui avait écouté la conversation.

— Oui, *c'est* justement ce que je voudrais savoir, fit la **cane**, *et* elle nagea vers l'**extrémité** du réservoir *et* piqua sa tête pour donner à ses enfants le bon exemple.

— Quelle question niaise ! cria le rat d'eau. J'entends que mon ami dévoué me soit dévoué, **parbleu** !

— *Et* que ferez-vous en retour ? dit le petit oiseau, s'agitant sur une **ramille** argentée *et* battant de ses petites ailes.

— Je ne vous comprends pas, répondit le rat d'eau.

— Laissez-moi vous conter une histoire à ce sujet, dit la linotte.

Oscar Wilde, *L'Ami dévoué* dans *Le Fantôme de Canterville suivi de Le Prince heureux, Le Géant égoïste et autres contes*, traduit par Albert Savine, Librio n° 600.

Commentaires

• **quelle** : déterminant interrogatif qui s'accorde avec le nom sur lequel il interroge, ici *idée*, féminin singulier (cf. leçon : quel[le][s] *et* qu'elle[s], p. 83).

• **linotte** : petit oiseau, comme cela est dit quelques lignes plus bas.

• **cane** : s'écrit avec un seul *n*, à la différence de la *canne* pour marcher, à pêche, à sucre...

• **extrémité** : s'écrit avec un accent aigu, à la différence de *extrême* qui porte un accent circonflexe.

• **parbleu** : juron issu d'une atténuation de *par dieu* et qui exprime l'évidence.

• **ramille** : toute petite branche d'arbre.

Dictée n° 16

Cf. leçon 2, p. 41

Une nouvelle enquête pour Sherlock Holmes

Lestrade se mit à rire.

— Décidément, monsieur Holmes, il n'y *a* rien *à* vous cacher. Oui, il y *a* bien quelque chose qui me préoccupe, et pourtant, c'est si absurde que j'hésite *à* vous en infliger le récit ; d'un autre côté, l'**événement**, tout en ne sortant pas de la banalité, **paraît** cependant assez bizarre. Je sais, il est vrai, que vous avez un goût marqué pour ce qui sort de l'ordinaire, mais, *à* mon avis, cette affaire paraît plutôt ressortir du domaine du Dr Watson que du **vôtre**.

[...]

Croiriez-vous qu'il existe, de nos jours, un homme qui nourrit une telle haine contre Napoléon Ier qu'il brise impitoyablement toutes les statues qui le représentent ?

Holmes s'enfonça dans sa chaise.

— Cela ne me regarde pas, dit-il.

Sir Arthur Conan Doyle, *Les Six Napoléons*,
traduit par Henry Evie, Librio n° 84.

Commentaires

- **événement** : si autrefois l'accent aigu sur le second *e* était de rigueur, aujourd'hui l'accent grave est toléré.
- **paraît** : ce verbe prend un accent circonflexe sur le *i* chaque fois que celui-ci est devant un *t*.
- **vôtre** : pronom possessif, il prend un accent circonflexe sur le *o*, à la différence de *votre*, déterminant possessif, qui accompagne un nom (ex. : votre maison a été cambriolée).

Dictée n° 17

Cf. leçon 3, p. 42

La fée du logis

Il y avait un énorme foyer qui se trouvait en n'importe quel endroit *où* il vous plaisait d'allumer le feu. [...]

[Wendy] ne levait pas le nez des casseroles, pour ainsi dire, et préparait toutes sortes de plats exotiques, à base d'**ignames**, de noix de coco, de **sapotilles** et j'en passe. Mais l'on ne savait jamais si l'on allait faire un vrai repas *ou* se contenter d'un repas pour rire : tout dépendait de l'humeur du capitaine. [...]

[Elle] attendait que tout le monde soit couché pour **ravauder**. Alors, disait-elle, elle pouvait souffler. Elle leur taillait de nouveaux pantalons, *ou* renforçait les anciens avec des doubles pièces, car tous se montraient durs pour les genoux. Et lorsqu'elle s'asseyait avec sa corbeille pleine de chaussettes aux talons troués, elle levait les bras au ciel en soupirant : « Mon Dieu ! il y a des jours *où* l'on envierait les vieilles filles ! », et son visage rayonnait.

James M. Barrie, *Peter Pan*, traduit
par Yvette Métral, Librio n° 591.
© Flammarion, 1982, pour la traduction française.

Commentaires

- **igname :** tubercule que l'on mange dans les pays tropicaux.
- **sapotille :** gros fruit rouge, très savoureux.
- **ravauder :** raccommoder à la main de vieux vêtements.

Dictée n° 18

Cf. leçon 4, p. 43

Préparatifs avant l'expédition

Il est bien clair en effet que l'on ne s'embarque pas pour une expédition semblable sans prendre **quelques** précautions. Il faut savoir où l'on va, que diable!, et ne pas partir comme un oiseau…

Avant toutes choses, le **Tarasconnais** voulut lire les récits des grands touristes **africains** […].

Là, il vit que *ces* intrépides voyageurs, avant de chausser leurs sandales pour les excursions lointaines, s'étaient préparés de longue main à supporter la faim, la soif, les marches forcées, les privations de toutes sortes. Tartarin voulut faire comme eux, et, à partir de *ce* **jour-là**, ne *se* nourrit plus que d'eau bouillie. – *Ce* qu'on appelle eau bouillie, à Tarascon, c'est quelques tranches de pain noyées dans de l'eau chaude, avec une gousse d'ail, un peu de thym, un brin de laurier.

Alphonse Daudet, *Tartarin de Tarascon*,
Librio n° 164.

Commentaires

• **quelques**: déterminant indéfini qui s'accorde en nombre avec le nom qu'il introduit, ici *précautions*, pluriel.

• **Tarasconnais**: on met une majuscule devant un nom de peuple employé substantivement.

• **africains**: le nom de peuple est ici employé comme adjectif, on ne met donc pas de majuscule.

• **jour-là**: ne pas oublier le trait d'union qui unit toujours la particule adverbiale *là* et le nom qui la précède.

Dictée n° 19

Cf. leçon 5, p. 44

La loi du désir

Être heureux, c'est avoir non pas tout ce qu'on désire, mais enfin une bonne partie, peut-être la plus grosse partie de ce qu'on désire. **Soit**. Mais si le désir est manque, on ne désire, par définition, que ce qu'*on n'*a pas. Or, si l'on ne désire que ce qu'*on n'*a pas, *on n'*a jamais ce qu'on désire, donc *on n'*est jamais heureux. Non pas que le désir ne soit jamais satisfait, la vie n'est pas difficile à ce point. Mais en ceci que, **dès qu'**un désir est satisfait, il n'y a plus de manque, donc plus de désir.

André Comte-Sponville, *Le Bonheur, désespérément*, Librio n° 513.
© Pleins feux, 2000.

Commentaires

- **Soit** : adverbe d'affirmation. Il faut faire entendre le -*t* final.
- **dès que** : ne pas oublier l'accent grave sur *dès*.

Dictée n° 20

Cf. leçon 5, p. 44

Un visage à la fenêtre

La porte d'entrée ferme mal, elle ouvre mal aussi. Il s'agit de ces portes auxquelles on donne un tour de clé pour satisfaire l'esprit, tant, à la pousser, si l'*on n'*y est pas habitué, *on* ébranle jusqu'aux murs. À côté d'elle, de là où je suis, j'ai vu, l'espace d'une seconde, un visage **blafard** s'encadrer au carreau de la fenêtre, se haussant **goulûment** sur la pointe des pieds pour regarder notre menu – un rêve récurrent. À peine a-t-on le temps d'enregistrer la vision que la porte fait entendre son raclement. Personne n'a frappé. La poussée devient plus violente. J'ai bondi, le couteau à bout rond en avant.

Eric Holder, *L'Échappée belle*, dans *Révélations*,
Librio, édition limitée.

Commentaires

- **blafard :** très pâle, livide.
- **goulûment :** dans la formation de cet adverbe en -*ment*, on a remplacé le -*e* final de l'adjectif féminin par un accent circonflexe (cf. leçon : Les adverbes en -*ment*, p. 81).

Étape 5

Vers les sommets : endurance et concentration.
Ne pas relâcher l'effort !

Le participe passé

1. L'accord du participe passé avec l'auxiliaire *être*
2. L'accord du participe passé avec l'auxiliaire *avoir*
3. Le participe passé des verbes pronominaux
4. Participe passé en *-é* ou infinitif en *-er* ?

Leçon n° 1

L'accord du participe passé avec l'auxiliaire *être*

• Employé avec l'auxiliaire *être*, le participe passé[1] s'accorde en genre et en nombre avec le sujet.

Ex. 1 : <u>Ils</u> sont allés au cinéma.
Ex. 2 : <u>On</u> est parti avant-hier.
Ex. 3 : <u>Elle</u> est descendue de sa chaise.

• Quand le verbe est à la forme passive, c'est-à-dire que la forme verbale est composée à la fois de l'auxiliaire *être* et de l'auxiliaire *avoir*, c'est la même règle qui s'applique.

Ex. 4 : <u>Ces photos</u> ont été prises malgré l'interdiction.

Cf. dictées 21 et 22

---

1. Pour la définition et la formation du participe passé, voir Nathalie Baccus, *Orthographe française*, Librio n° 596, p. 28 à 30.

Leçon n° 2

L'accord du participe passé avec l'auxiliaire *avoir*

• Employé avec l'auxiliaire *avoir*, le participe passé :
– ne s'accorde jamais avec le sujet du verbe
– s'accorde en genre et en nombre avec le complément d'objet direct [COD][1] quand celui-ci est placé avant le participe.

• Observez ces exemples en prenant bien soin de reconnaître à chaque fois le verbe, le sujet, et le COD lorsqu'il y en a un :

Ex. 1 : Les enfants *ont mangé* dans la cuisine : on n'accorde pas le participe passé avec le sujet du verbe (ici *les enfants*). Il n'y a pas de COD dans cette phrase.

Ex. 2 : Ils *ont mangé* <u>des biscuits</u> : le COD est placé après le participe passé, il n'y a donc pas de raison pour accorder le participe passé.

Ex. 3 : Ces biscuits, elle <u>les</u> *a mangés :* le COD est le pronom *les* qui représente *ces biscuits*. Il est placé avant le participe passé. Donc, on accorde le participe passé en genre et en nombre avec le pronom COD masculin pluriel.

Ex. 4 : Les biscuits <u>qu'</u>elle *a mangés* sont délicieux : le COD est le pronom relatif *qu'* qui représente son antécédent *les biscuits*. Le COD est placé avant le participe : on accorde donc le participe en genre et en nombre avec l'antécédent du pronom COD (ici masculin pluriel).

Cf. dictées 23, 24 et 25

---

1. Pour en savoir plus sur le COD, voir Nathalie Baccus, *Grammaire française*, Librio n° 534, p. 91.

Leçon n° 3

Le participe passé des verbes pronominaux

• Les verbes pronominaux sont ceux qui se construisent avec un pronom personnel réfléchi (ex.: *se* laver) qui renvoie à la même personne que celle représentée par le pronom sujet (ex.: *je me* lave). On distingue deux types de verbes pronominaux [1]:
– les verbes essentiellement pronominaux qui n'existent qu'à la forme pronominale dans le dictionnaire, ex.: s'évader, s'agenouiller.
– les verbes occasionnellement pronominaux qui existent aussi sous une forme non pronominale, ex.: s'habiller [/ habiller quelqu'un], se tromper [/ tromper quelqu'un].

• Le participe passé des verbes essentiellement pronominaux s'accorde en genre et en nombre avec le sujet du verbe.
Ex.: <u>Elle</u> *s'est efforcée* de bien faire.

• Le participe passé des verbes occasionnellement pronominaux:

– **Règle générale**: le participe passé s'accorde avec le COD s'il est placé avant le verbe (règle de l'accord du participe passé avec l'auxiliaire *avoir*). Ainsi, si le pronom réfléchi est COD, le participe s'accorde avec lui. Si le pronom n'est pas COD (mais COI [2] ou COS [3]) et si le COD est placé après, le participe passé ne s'accorde pas.
Ex.: Ils <u>se</u> *sont battus* [ils ont battu eux-mêmes]: on accorde le participe avec *se*, COD du verbe.

---

1. On n'étudiera pas ici la distinction entre verbes pronominaux réfléchis et verbes pronominaux réciproques car elle ne présente pas d'intérêt pour l'accord du participe passé.
2. COI: complément d'objet indirect. Voir Nathalie Baccus, *Grammaire française*, Librio n° 534, p. 91.
3. COS: complément d'objet second. Voir Nathalie Baccus, *Grammaire française*, Librio n° 534, p. 91.

Mais : Ils <u>se</u> *sont juré* <u>une éternelle amitié</u> [ils ont juré une éternelle amitié à eux] : on n'accorde pas le participe passé. *Se* est COS, le COD *une éternelle amitié* est placé après le verbe.

– Le participe passé des verbes pronominaux non réfléchis (ceux pour lesquels le pronom réfléchi n'est pas analysable, c'est-à-dire n'a pas de fonction grammaticale précise) s'accorde avec le sujet du verbe.
Ex. : <u>Elles</u> *s'étaient aperçues* que le jeu était truqué.
Ex. : <u>Ils</u> *s'étaient souvenus* que c'était un sacré tricheur !

– **Remarque** : il est parfois difficile de savoir si le pronom est analysable ou non, mais cela n'est pas grave puisque le participe passé de ces verbes, logiquement, s'accorde toujours (avec le COD ou avec le sujet, qui renvoient à la même personne).

– Le participe passé des verbes pronominaux de sens passif s'accorde avec le sujet.
Ex. : <u>La démarche</u> *s'est effectuée* correctement [a été effectuée].

Cf. dictées 26, 27 et 28

Leçon n° 4

Participe passé en *-é* ou infinitif en *-er* ?

• Pour les verbes du 1er groupe, on ne peut pas distinguer à l'oreille (sauf en cas de liaison avec une voyelle) un participe passé en *-é*, variable, d'un infinitif en *-er*. Pour ne pas les confondre, il convient de remplacer le verbe qui pose problème par un verbe du 3e groupe, dont l'infinitif et le participe passé ne se prononcent pas de la même façon.

Ex. : prendre / pris.

• On sait alors si l'on est en présence d'un participe passé (on l'accorde alors comme il se doit) ou d'un infinitif.

Ex. : Elle a mangé [/ pris] un bonbon : participe passé en *-é*.
Ex. : Elle va manger [/ prendre] beaucoup trop de bonbons, je le sens : infinitif en *-er*.

Cf. dictée 29

Dictée n° 21

Cf. leçon 1, p. 52

La cuisine des nomades

La viande se consomme fraîche, simplement salée et rôtie à la broche ou encore cuite longuement dans le sable rendu **brûlant** par un feu de braises. Découpée en morceaux, elle *est* aussi *séchée* au soleil. [...]

Le lait *est consommé* chaque jour, cru ou caillé, souvent mélangé à la farine de **mil**. Le beurre, lui, *est fondu* puis *écumé* et *mis* à l'abri de l'air. Ainsi préparé, il pourra se conserver plusieurs semaines. [...]

Le célèbre couscous est d'origine **berbère**. Semoule de blé dur ou de maïs, de seigle, ou d'orge ou parfois de riz comme au Soudan, dont les grains *ont été roulés* à la main et *enrobés* d'une fine **gangue** de farine avant d'*être passés* au **tamis** et *séchés* au soleil.

Gilles et Laurence Laurendon, *La Cuisine du désert,*
50 recettes faciles au bon goût d'aventure, Librio n° 555.

Commentaires

• **brûlant :** le verbe *brûler* prend un accent circonflexe sur le *u* à toutes les personnes et à tous les temps.

• **mil :** le mil est une céréale principalement cultivée en Afrique.

• **berbère :** les Berbères sont un peuple d'Afrique du Nord. Il est ici employé comme adjectif, et ne prend donc pas de majuscule.

• **gangue :** enveloppe.

• **tamis :** pour deviner quelle est la consonne finale muette de ce nom, on peut penser au verbe *tamiser* (cf. leçon : Les consonnes finales muettes, p. 11).

Dictée n° 22

Cf. leçon 1, p. 52

L'alerte

Je n'avais pas encore cinq ans. Nous habitions un immeuble de six étages, abritant une trentaine de locataires. Nous logions au quatrième. C'était un jour sans doute semblable aux autres, avec son cortège de petits bonheurs et de contrariétés. Pourtant, ce **jour-là**, tous les soucis [*ont été*] *réunis* au moment du repas du soir. L'heure de la soupe ! **Quelle** épreuve ! Cette soupe qu'il faut manger si l'on veut grandir, mais celle aussi qui ressemble à de l'eau chaude à peine troublée par quelques éléments non identifiables. Nous sommes en 1944. Ceci explique cela. [...] Mémé a tout vérifié : les mains sont propres, la serviette *est attachée* autour du cou, les poings *sont fermés*, **campés** de chaque côté de l'assiette. Mémé sert la soupe. Un bruit strident nous agresse. C'est l'alerte. [...] Nous allons *être bombardés*.

> « Le sac vide » dans *Premières fois, le livre des instants qui ont changé nos vies*, Librio n° 612.

Commentaires

- **jour-là :** ne pas oublier le trait d'union. *Là* est une particule adverbiale toujours liée par un trait d'union au mot qui la précède.
- **Quelle :** déterminant exclamatif qui s'accorde en genre et en nombre avec le nom qu'il introduit, ici *épreuve*, féminin singulier (cf. leçon : quel[le][s] *et* qu'elle[s], p. 83).
- **campés :** posés fermement.

Dictée n° 23

Cf. leçon 2, p. 53

La visite au cimetière

Mais les fleurs qui ornaient le devant du tombeau baissaient déjà la tête. On les *avait disposées* là pour la Toussaint. Maman, qui n'*avait pu* venir, *avait envoyé* de très beaux **chrysanthèmes**. Après la visite du cimetière, il y *avait eu* un grand déjeuner à la maison avec des amis de la famille. Ce ne serait pas le cas aujourd'hui, qui était un dimanche comme les autres. [...]

Elles arrivèrent à la maison juste à temps pour échapper au gros de l'averse. Tante Madeleine resta pour le déjeuner. Angèle *avait préparé* un chou farci. La promenade au cimetière *avait aiguisé* l'**appétit** de Sylvie. Elle dévora.

Henri Troyat, Viou, Librio n° 284.

Commentaires

* **chrysanthèmes** : ce mot est masculin, comme l'indique l'adjectif *beaux*. Les chrysanthèmes sont des plantes traditionnellement utilisées pour fleurir les tombes à la Toussaint.

* **appétit** : prend deux *p*, comme beaucoup de mots commençant par *ap-* (cf. leçon : Les consonnes doubles, p. 12).

Dictée n° 24

Cf. leçon 2, p. 53

« Le souffle de tes lèvres sur les miennes »

Annoncer qu'Alfred de Musset s'adresse à <u>une femme</u> dont il est passionnément amoureux.

[...] lorsque je suis parti, je n'*ai* pas *pu* souffrir ; il n'y avait pas de place dans mon cœur. Je t'*avais tenue* dans mes bras [...] ! Je t'*avais **pressée** sur cette blessure chérie* ! Je suis parti sans savoir ce que je faisais ; je ne sais si ma mère était triste, je crois que non, je l'*ai embrassée*, je suis parti ; je n'*ai* rien *dit*, j'avais le souffle de tes lèvres sur les miennes, je te respirais encore.

Alfred de Musset à George Sand dans
Je vous aime, Librio n° 575.

Commentaires

• **pressée sur cette blessure chérie** : Musset a serré George Sand contre son cœur qu'il compare à une « blessure » parce qu'il est malade d'amour. Cette blessure est « chérie » parce qu'elle le fait souffrir mais en même temps l'exalte et le rend heureux.

Dictée n° 25

Cf. leçon 2, p. 53

Les adieux

Cette vie que je venais d'exposer pour Ellénore, je l'*aurais* **mille** fois *donnée* pour qu'elle **fût** heureuse sans moi.

Les six mois que m'*avait accordés* mon père étaient expirés; il fallut songer à partir. Ellénore [...] fit promettre que, deux mois après, je **reviendrais** près d'elle, ou que je lui **permettrais** de me rejoindre: je le lui jurai **solennellement**. Quel engagement n'*aurais*-je pas *pris* dans un moment où je la voyais lutter contre elle-même et contenir sa douleur! Elle *aurait pu* exiger de moi de ne pas la quitter; je savais au fond de mon âme que ses larmes n'auraient pas été **désobéies**. J'étais reconnaissant de ce qu'elle n'exerçait pas sa puissance; il me semblait que je l'en aimais mieux.

Benjamin Constant, *Adolphe*, Librio n° 489.

Commentaires

- **mille**: adjectif numéral invariable qui ne prend jamais de -*s* (cf. leçon: L'accord des adjectifs, p. 33).
- **fût**: subjonctif imparfait en proposition subordonnée circonstancielle de but introduite par la conjonction de subordination «pour que». On écrit *fût* avec un accent circonflexe car on peut le remplacer par *soit* (cf. leçon: eut *et* eût, fut *et* fût, p. 70).
- **reviendrais, permettrais**: ces verbes au conditionnel présent jouent un rôle de futur dans le passé, le verbe de la proposition principale *fit* étant au passé simple (cf.: leçon: Futur ou conditionnel présent?, p. 69).
- **solennellement**: l'adverbe est formé sur l'adjectif féminin *solennelle*, qui donne au masculin *solennel*, qui s'écrit avec un *l* et deux *n*. Le premier *e* du mot se prononce [a].
- **désobéies:** on accorde le participe passé en genre et en nombre avec le sujet quand on a à la fois l'auxiliaire *être* et l'auxiliaire *avoir* (c'est la règle de l'accord avec l'auxiliaire *être* qui s'applique, cf. leçon: L'accord du participe passé avec l'auxiliaire *être*, p. 52).

Dictée n° 26
Cf. leçon 3, p. 54

Un meurtre inexplicable

« Les gens de police sont confondus par l'absence apparente de motifs légitimant, non le meurtre en lui-même, mais l'atrocité du meurtre. Ils *se sont embarrassés* aussi par l'impossibilité apparente de concilier les voix qui se disputaient avec ce fait qu'**on n'**a trouvé en haut de l'escalier d'autre personne que mademoiselle l'Espanaye, assassinée, et qu'il n'y avait aucun moyen de sortir sans être vu des gens qui montaient l'escalier. […] Dans des investigations du genre de celle qui nous occupe, il ne faut pas tant se demander comment les choses *se sont passées*, qu'étudier en quoi elles se distinguent de tout ce qui est arrivé jusqu'à présent. »

Edgar Allan Poe, *Double assassinat dans la rue Morgue*,
traduit par Charles Baudelaire, Librio n° 26.

Commentaires

• **Les verbes pronominaux de la dictée :**
– **s'embarrasser :** on peut analyser le pronom réfléchi *se* comme le COD du verbe [ils ont embarrassé eux-mêmes], on accorde donc le participe passé avec le COD placé avant (cf. leçon p. 43) ;
– **se passer :** le pronom réfléchi *se* n'est pas analysable, on accorde le participe passé avec le sujet du verbe, ici *les choses*, féminin pluriel (cf. leçon p. 43).

• **on n' :** pour ne pas oublier la négation *n'*, il faut remplacer *on* par *nous*. *Nous n'avons pas trouvé* : on entend le son [n], donc on écrit *on n'* (cf. leçon : on et on n', p. 44).

Dictée n° 27

Cf. leçon 3, p. 54

Les dévots

[Pourquoi] voyons-nous si **fréquemment** les dévots si durs, si fâcheux, si **insociables**? C'est qu'ils *se sont imposé* une tâche qui ne leur est pas naturelle. Ils souffrent, et quand on souffre, on fait souffrir les autres. Ce n'est pas là mon compte, ni celui de mes protecteurs; il faut que je sois gai, souple, plaisant, bouffon, drôle.

Diderot, extrait du *Neveu de Rameau*, Librio n° 61.

Commentaires

• **Le verbe pronominal de la dictée: s'imposer:** le pronom réfléchi *se* est analysable comme le COI du verbe (ils ont imposé à eux une tâche), on n'accorde donc pas le participe passé (cf. leçon p. 54).

• **fréquemment:** deux *m*.

• **insociable:** qui n'est pas sociable. À ne pas confondre avec *asocial* qui désigne un marginal, quelqu'un qui n'est pas adapté à la vie en société ou qui la refuse avec force.

Dictée n° 28

Cf. leçon 3, p. 54

Les poètes de mauvais goût

Ils ***se sont persuadés*** qu'après avoir mêlé leurs larmes aux pleurs d'une mère qui se désole sur la mort de son fils, après avoir frémi de l'ordre d'un tyran qui ordonne un meurtre, ils ne s'ennuieraient pas de leur **féerie**, de leur insipide mythologie, de leurs petits **madrigaux** doucereux qui ne marquent pas moins le mauvais goût du poète, que la misère de l'art qui **s'en accommode.**

Diderot, extrait du Neveu de Rameau, Librio n° 61.

Commentaires

• Le verbe pronominal de la dictée : **se persuader** : on peut analyser le pronom réfléchi *se* comme le COD du verbe (ils ont persuadé eux-mêmes), on accorde donc le participe passé avec le COD placé avant (cf. leçon p. 54).

• **féerie** : seul le premier *e* porte un accent, et le mot doit se prononcer [feri], malgré l'usage courant qui tend à prononcer [e] le second *e*.

• **madrigaux** : un madrigal est une petite chanson d'amour inspirée d'un air populaire et chantée par plusieurs voix.

• **s'accommoder** : les mots commençant par *ac-* prennent souvent deux *c* (cf. leçon : Les consonnes doubles, p. 12).

Dictée n° 29

Cf. leçon 4, p. 56

Candide malheureux
cherche un compagnon de voyage

Ce procédé acheva de *désespérer* Candide ; il avait à la vérité *essuyé* des malheurs **mille** fois plus douloureux ; mais le **sang-froid** du juge, et celui du patron **dont** il était *volé*, **alluma sa bile**, et le plongea dans une noire **mélancolie**. [...] Enfin, un vaisseau **français** était sur le point de partir pour Bordeaux, comme il n'avait plus de moutons *chargés* de diamants à *embarquer*, il loua une chambre du vaisseau à juste prix, et fit *signifier* dans la ville qu'il **payerait** le passage, la nourriture, et donnerait deux **mille piastres** à un honnête homme qui voudrait faire le voyage avec lui, à condition que cet homme serait le plus *dégoûté* de son état et le plus malheureux de la province.

Voltaire, *Candide*, Librio n° 31.

Commentaires

- **mille** : adjectif numéral invariable qui ne prend jamais de *-s* (cf. leçon : L'accord des adjectifs, p. 33).
- **sang-froid** : ne pas oublier le trait d'union.
- **dont** : même sens que *par qui*. Au XVIIIe siècle, époque à laquelle écrit Voltaire, l'emploi des relatifs est plus souple qu'en français moderne.
- **alluma sa bile** : signifie que Candide se met en colère, la bile étant considérée comme une sécrétion organique liée au sentiment de colère.
- **mélancolie** : tristesse.
- **français** : employé comme adjectif, ce nom de peuple ne prend pas de majuscule.
- **payerait** : on peut écrire aussi *paierait*.
- **piastre** : type de monnaie.

Étape 6

Sur les crêtes : grande agilité requise,
attention aux précipices !

Savoir distinguer les temps

1. Participe passé ou temps conjugué ?
2. Passé simple ou imparfait de l'indicatif ?
3. Futur ou conditionnel présent ?
4. Eut *et* eût, fut *et* fût

Leçon n° 1

Participe passé ou temps conjugué ?

• On ne peut parfois pas distinguer à l'oreille un participe passé en [i] ou [y] (graphie : *-i*, *-is*, *-it*, *-its*, *-ie*, *-ies*, ou *-u*, *-ue*, *-us*, *-ues*) d'un verbe conjugué à la troisième personne du singulier s'é-crivant **-it** ou **-ut**. Pour ne pas les confondre, on peut remplacer le verbe par un imparfait. Si la substitution fonctionne, c'est que l'on est en présence d'un verbe à un temps conjugué, et on l'écrit *-it* ou *-ut*. Sinon, c'est qu'on est en présence d'un participe passé et on l'accorde comme il se doit.

Ex. 1 : Le plat fini a été emmené à la cuisine [/ la marmite finie a été emmenée à la cuisine] : participe passé du verbe *finir*.

Ex. 2 : Il finit le plat de spaghettis [/ Il finissait le plat de spa-ghettis] : verbe *finir* conjugué au présent ou au passé simple.

Ex. 3 : Ceci est interdit [/ Cette chose est interdite] : participe passé du verbe *interdire*.

⚠ Certains participes passés en [i] s'écrivent *-it*.

Ex. 4 : il lut ce livre avec avidité [/ il lisait ce livre avec avidité] : verbe *lire* conjugué au passé simple.

Ex. 5 : Cette histoire lue par un conteur est formidable [/ ce récit lu par un conteur] : participe passé du verbe *lire*.

• Pour orthographier correctement un participe passé en [i], il convient de penser à sa forme féminine. On pourra alors choisir entre les graphies *-i*, *-is*, ou *-it*.
 – *-ie* au féminin donne *-i* au masculin : blottie / blotti
 – *-ise* au féminin donne *-is* au masculin : comprise / compris
 – *-ite* au féminin donne *-it* au masculin : interdite / interdit

Cf. dictées 30 et 31

Leçon n° 2

Passé simple ou imparfait de l'indicatif ?

• À l'indicatif des verbes en *-er*, la première personne du singulier du passé simple et celle de l'imparfait se prononcent presque de la même manière, mais s'écrivent différemment : ***-ai*** pour le passé simple, ***-ais*** pour l'imparfait.

Ex. : je regardais la télé quand soudain j'éternuai.

• Pour les distinguer, penser :

– **au sens de la phrase** : l'imparfait est le temps du décor, de la description, de l'action d'arrière-plan. On peut le remplacer par « j'étais en train de ». Il s'oppose en ce sens au passé simple qui introduit les actions de premier plan, que l'on peut dater, et qui sont délimitées dans leur déroulement.

Ex. : j'étais en train de regarder la télé quand soudain j'éternuai.

– **à remplacer le verbe qui pose problème** par le même verbe conjugué à la troisième personne du singulier, dont l'imparfait et le passé simple ne se terminent pas de la même manière.

Ex. : il était en train de regarder la télé quand soudain il éternua.

Cf. dictée 32

Leçon n° 3

Futur ou conditionnel présent ?

Pour former le futur, on ajoute à l'infinitif du verbe les termi-naisons *-ai*, *-as*, *-a*, *-ons*, *-ez*, *-ont*. Pour former le conditionnel présent, on ajoute à l'infinitif du verbe les terminaisons *-ais*, *-ais*, *-ait*, *-ions*, *-iez*, *-aient*.

Ainsi, la première personne du singulier du futur et celle du conditionnel présent se prononcent presque de la même façon mais n'ont pas la même orthographe. Pour les distinguer, penser :

• **au sens de la phrase :** le conditionnel présent s'utilise :

– comme futur dans le passé en concordance avec un temps du passé.
Ex. : Je pensais que je lirais ce livre un jour/Je pense que je lirai ce livre un jour.

– pour exprimer l'hypothèse dans le cadre du système hypo-thétique introduit par si :
Ex. : Si je le voulais, je ferais des efforts.

– pour exprimer un souhait, un désir, une volonté, une crainte, de manière atténuée :
Ex. : Je voudrais te dire que tu comptes beaucoup pour moi.

• **à remplacer le verbe qui pose problème** par le même verbe conjugué à la troisième personne du singulier, dont le futur et le conditionnel ne se terminent pas de la même manière.
Ex. : Je lirais/il lirait mais je lirai/il lira.

Cf. dictée 33

Leçon n° 4

eut *et* eût, fut *et* fût

• On écrit **eut** si l'on peut le remplacer par *avait* : *eut* est le verbe *avoir* à la troisième personne du passé simple de l'indicatif, on peut donc le remplacer par un autre temps de l'indicatif, comme l'imparfait.

Ex. : Il eut très mal. / Il avait très mal.

En revanche, on écrit **eût** si l'on peut le remplacer par *ait* ou *aurait* : *eût* est le verbe *avoir* à la troisième personne du subjonctif imparfait. On peut donc le remplacer par un autre temps du subjonctif comme le subjonctif présent [*ait*], ou par un conditionnel [*aurait*], le conditionnel pouvant servir à exprimer l'irréel, comme le subjonctif.

Ex. : Bien qu'il eût très mal, il ne pleura pas. / Bien qu'il ait très mal, il ne pleure pas.
Ex. : S'il eut été là, il eût raconté son histoire. / S'il avait été là, il aurait raconté son histoire.

• On écrit **fut** si l'on peut le remplacer par *était* : *fut* est le verbe *être* à la troisième personne du passé simple de l'indicatif, on peut donc le remplacer mentalement par un autre temps de l'indicatif, comme l'imparfait.

Ex. : Elle fut très heureuse de le revoir. / Elle était très heureuse de le revoir.

En revanche, on écrit **fût** si l'on peut le remplacer par *soit* : *fût* est le verbe *être* à la troisième personne du singulier du subjonctif imparfait, on peut donc le remplacer par un autre temps du subjonctif, comme le subjonctif présent [*soit*].

Ex. : Quoiqu'il fût très bon acteur, ils ne l'avaient pas choisi pour ce film. / Quoiqu'il soit très bon acteur, ils ne l'ont pas choisi pour ce film.

Cf. dictée 34

Dictée n° 30
Cf. leçon 1, p. 67

Une métamorphose

Quand il se retrouva sur le **trottoir**, rue de la Mairie, il *sentit* bien qu'il n'était plus le même. Il n'avait plus le temps ni l'âge d'expliquer. Le soleil était *revenu*, luisait sur le trottoir mouillé. L'air lui semblait léger ; léger son corps, légère sa démarche. Au lieu de prendre le chemin du retour, il *se surprit* à regagner le **centre-ville**. […] Il faisait chaud. L'imperméable jeté sur l'épaule, il avançait, les bras en balancier, aux lèvres un sourire *inconnu*. […] Jamais les **marronniers** n'avaient *senti* si bon...

Philippe Delerm, *L'Envol*, Librio n° 280.
© Éditions du Rocher, 1996.

Commentaires

- **trottoir** : deux *t*.
- **centre-ville** : ne pas oublier le trait d'union.
- **marronniers** : deux *r* et deux *n*.

Dictée n° 31

Cf. leçon 1, p. 67

Un nouvel amour ?

Si la dictée semble trop longue, on peut la couper en deux, la première partie allant jusqu'à « l'abusant ».

Le soir *rendit* à mon nouvel amour tout le prestige de la veille. La dame se montra sensible à ce que je lui avais *écrit*, tout en manifestant quelque étonnement de ma ferveur soudaine. J'avais *franchi*, en un jour, plusieurs degrés des sentiments que l'on peut concevoir pour une femme avec apparence de sincérité. Elle m'avoua que je l'étonnais tout en la rendant fière. J'essayai de la convaincre ; mais **quoi que je voulusse** lui dire, je ne *pus* ensuite retrouver dans nos entretiens **le diapason de mon style**, de sorte que je *fus réduit* à lui avouer, avec larmes, que je m'étais trompé moi-même en l'abusant. Mes confidences *attendries* eurent pourtant **quelque** charme, et une amitié plus forte dans sa douceur succéda à de vaines protestations de tendresse. [...] Un hasard les *fit* connaître l'une à l'autre, et la première *eut* l'occasion, sans doute, d'attendrir à mon égard celle qui m'avait exilé de son cœur.

Gérard de Nerval, *Aurélia*, Librio n° 23.

Commentaires

- **quelque** : déterminant indéfini, il introduit un nom. Il est proche du sens de « un certain ».
- **quoi que** : on écrit *quoi que* en deux mots lorsqu'on ne peut pas le remplacer par *bien que*, mais par *quelle que soit la chose que* (cf. leçon : quoique *et* quoi que, p. 84).
- **je voulusse** : *quoi que* exprime la concession et est suivi du subjonctif (ici, subjonctif imparfait).
- **le diapason de mon style** : image musicale. Le narrateur ne parvient pas à retrouver le ton employé pour séduire la dame.

Dictée n° 32

Cf. leçon 2, p. 68

Les rêves de gloire d'un petit garçon

Je ne *savais* pas lire, je *portais* des **culottes fendues**, je *pleurais* quand ma bonne me mouchait et j'*étais* dévoré par l'amour de la gloire. Telle est la vérité : dans l'âge le plus tendre, je *nourrissais* le désir de m'illustrer sans retard et de durer dans la mémoire des hommes. [...] C'est pourquoi je *pensai* devenir un saint. [...] Pour m'y livrer sans perdre de temps, je *refusai* de **déjeuner**. Ma mère, qui n'entendait rien à ma nouvelle vocation, me crut souffrant et me regarda avec une inquiétude qui me fit de la peine. Je n'en *jeûnai* pas moins. Puis, me rappelant saint Siméon **stylite**, qui vécut sur une colonne, je *montai* sur la **fontaine** de la cuisine ; mais je ne pus y vivre, car Julie, notre bonne, m'en délogea promptement.

Anatole France, *Le Livre de mon ami*, Librio n° 123.

Commentaires

- **culottes fendues :** pantalon s'arrêtant aux genoux porté par les petits garçons.
- **déjeuner, jeûnai :** *jeûner* et *jeûne* prennent un accent circonflexe. En revanche, il n'y a pas d'accent circonflexe sur le *u* de *déjeuner*.
- **stylite :** nom employé ici comme adjectif. Un stylite est un saint ou un ermite vivant au sommet d'une colonne (c'est le cas de saint Siméon) ou d'une tour.
- **fontaine :** située dans la cuisine, la fontaine était un petit réservoir d'eau pourvu d'un robinet et d'un petit bassin, qui servait pour les usages domestiques.

Dictée n° 33

Cf. leçon 3, p. 69

Une femme pleine d'équité

Chère femme, combien je vous aime! Combien je vous estime! [...] Je ne *saurais* vous dire ce que la droiture et la vérité font sur moi. Si le spectacle de l'injustice me transporte **quelquefois** d'une telle indignation que j'en perds le jugement et que dans ce délire je *tuerais*, j'*anéantirais*; aussi celui de l'**équité** me remplit d'une douceur, m'enflamme d'une chaleur et d'un enthousiasme où la vie, s'il fallait la perdre, ne me tiendrait à rien. [...]

Ô ma Sophie, combien de beaux moments je vous dois! combien je vous en *devrai* encore! [...] si tu lis jamais ces mots quand je ne *serai* plus, car tu me survivras, tu verras que je m'occupais de toi et que je disais [...] qu'il dépendrait de toi de me faire mourir de plaisir ou de peine.

Denis Diderot à Sophie Volland dans *Je vous aime*, Librio n° 575.

Commentaires

- **quelquefois** : attention, ce mot invariable s'écrit en un seul mot.
- **équité** : le sentiment d'équité est celui qui permet de faire naturellement la distinction entre le juste et l'injuste.
- **Ô** : interjection littéraire qui prend un accent circonflexe. Il n'y a jamais de point d'exclamation après cette interjection.

Dictée n° 34

Cf. leçon 4, p. 70

Un étrange pays

En outre, d'après ces gens affolés, on *eût* dit que le sol était agité de trépidations **souterraines** [...]. Mais peut-être y avait-il une bonne part d'exagération dans ce que les Werstiens croyaient voir, entendre et ressentir. **Quoi qu'**il en soit, il s'était produit des faits positifs, tangibles, on en conviendra, et il n'y avait plus moyen de vivre en un pays si extraordinairement machiné.

Il va de **soi** que l'auberge du *Roi Mathias* continuait d'être déserte. Un **lazaret** en temps d'épidémie n'*eût* pas été plus abandonné. [...]

Dans la soirée du 9 juin, vers huit heures, le loquet de la porte *fut* soulevé du dehors ; mais cette porte, verrouillée en dedans, ne put s'ouvrir.

[...] À l'espoir qu'il éprouvait de se trouver en face d'un hôte se joignait la crainte que cet hôte ne *fût* quelque revenant de mauvaise mine [...].

Jules Verne, *Le Château des Carpathes*,
Librio n° 171.

Commentaires

- **souterraines :** prononcer sou-té-raines.
- **Quoi que :** quand on ne peut pas le remplacer par *bien que*, on écrit *quoi que* en deux mots (cf. leçon : quoique *et* quoi que, p. 84).
- **soi :** dans l'expression *aller de soi*, on reconnaît le pronom réfléchi *soi* [*moi, toi, soi*...] qui s'écrit sans *-t* final.
- **lazaret :** bâtiment où l'on isole les malades contagieux. On pourra épeler ce mot à l'élève.

Étape 7

Encore quelques obstacles éparpillés sur le chemin du retour, la descente peut réserver des surprises...

De *tout* à *quoique* en passant par les *adverbes en -ment*

1. Tout
2. Leur
3. L'accentuation
4. Les mots invariables
5. Les adverbes en -*ment*
6. L'inversion du sujet
7. Quel[le][s] *et* qu'elle[s]
8. Quoique *et* quoi que

Leçon n° 1

tout

Tout est un mot qui possède plusieurs natures. Il peut être :

- **Un nom :** il est placé après un déterminant.
Ex. : Tu es mon *tout*.

- **Un déterminant :** il s'accorde avec le nom qu'il introduit.

– Il est placé avant un nom, et est combiné à un autre déterminant.
Ex. : J'aime *tous* mes cadeaux.

– Il est placé avant un nom, et est employé seul.
Ex. : *Tout* chevalier digne de ce nom doit franchir cette épreuve !

- **Un pronom :** il remplace un nom et prend les marques du genre et du nombre du nom qu'il remplace.
Ex. : *Tous* ont reçu un cadeau. [/ *Les enfants* ont reçu un cadeau.]

- **Un adverbe :** il est invariable.

– Il modifie un adjectif.
Ex. : Il m'a offert un *tout* <u>petit</u> chien.
Ex. : *Tout* <u>grand</u> qu'il est, il n'a pas réussi à attraper la balle.

– Il modifie un autre adverbe.
Ex. : Je l'aime, *tout* <u>simplement</u>.

Cf. dictée 35

Leçon n° 2

leur

• **Leur** peut être [1]:

– **Un déterminant possessif** [2]: il précède toujours un nom, avec lequel il s'accorde en nombre. Il peut donc s'écrire *leur* (si le nom est singulier) ou *leurs* (si le nom est pluriel).

Leur signifie qu'il y a plusieurs possesseurs mais une seule chose possédée :
Ex. 1 : Les voisins sont inquiets : *leur* <u>voiture</u> a été peinte en rose fluo cette nuit. [Il y a plusieurs voisins mais une seule voiture.]

Leurs signifie qu'il y a plusieurs possesseurs et plusieurs choses possédées :
Ex. 2 : Les militants ont bien réussi : *leurs* <u>actions</u> sont dans tous les journaux. [Il y a plusieurs militants et plusieurs actions.]

– **Un pronom personnel** : il précède toujours un verbe. Il représente la 3e personne du pluriel [*ils, elles*] mais ne varie jamais et n'existe que sous la forme *leur* (même s'il remplace un mot au pluriel).
Ex. 3 : Pour calmer les enfants, je *leur* ai acheté des glaces.

À retenir : pour être sûr de ne pas confondre *leur*, déterminant possessif, et *leur*, pronom personnel, changer de personne en remplaçant *ils* ou *le groupe nominal pluriel* par **nous**.

Ex. 1 : <u>Nous</u> sommes inquiets : *notre* voiture a été peinte en rose fluo cette nuit : il s'agit du déterminant possessif, et il n'y a qu'une seule chose possédée.

Ex. 2 : <u>Nous</u> avons bien réussi : *nos* actions sont dans tous les journaux : il s'agit du déterminant possessif et il y a plusieurs choses possédées.

Ex. 3 : Pour <u>nous</u> calmer, il *nous* a acheté des glaces : il s'agit du pronom personnel.

Si l'on obtient *notre*, on écrit *leur*.
Si l'on obtient *nos*, on écrit *leurs*.
Si l'on obtient *nous*, on écrit *leur*.

Cf. dictée 36

---

1. Nous n'étudierons pas ici le cas de *leur*, pronom possessif.
2. Pour plus d'information sur les déterminants possessifs, voir Nathalie Baccus, *Grammaire française*, Librio n° 534, p. 31 et 32.

Leçon n° 3

L'accentuation

• Il existe en français trois sortes d'accents :
– L'accent aigu [´] produit un son fermé : il se place sur un *e* fermé [[e]]. Ex. : un marché.
– L'accent grave [`] produit un son ouvert : il se place sur un *e* ouvert [[ε]]. Ex. : une règle. Il se place aussi sur les voyelles *a* et *u* dans certains cas. Il permet alors de distinguer certains mots de leurs homophones [*a* et *à*, *ou* et *où*].
– L'accent circonflexe [^] produit un son très largement ouvert. Il se place sur les lettres *a*, *e*, *i*, *o*, et *u*. Ex. : bâiller, gêner, gîte, geôle, brûler. Il remplace souvent un *-s* disparu, maintenu dans certains mots de la même famille : bâton / bastonner, fête / festival, goûter / gustatif.

• **Quand mettre un accent sur le *e* ?**

– Ne prennent un accent que les *e* qui terminent une syllabe. Ex. : é/lé/phant ; mè/re mais mer, er/mite.

– On ne double pas la consonne qui suit une voyelle accentuée, sauf pour le mot *châssis* et ses dérivés. Il faut placer l'accent immédiatement sur la voyelle avant de finir d'écrire le mot. On sait ainsi qu'il ne faut pas doubler la consonne suivant la voyelle accentuée.
Ex. : é/rable mais er/rer

⚠ **Ne pas oublier l'accent circonflexe :**
– sur certains participes passés en *-u* accordés au masculin singulier : dû [devoir], crû [croître], mû [mouvoir]… Attention, on écrit *pu* [pouvoir] et *cru* [croire].
– sur certains adverbes en *-ment* : continûment, assidûment, crûment, congrûment, dûment…
– sur les verbes conjugués aux première et deuxième personnes du pluriel du passé simple : nous mangeâmes, vous fûtes.
– sur les verbes conjugués à la troisième personne du singulier du subjonctif imparfait : qu'il tînt.
– sur les verbes *connaître* et *paraître* et leurs composés uniquement aux formes où le *i* précède le *t* : *elle connaît* mais *vous connaissez*.

Cf. dictée 37

Leçon n° 4

Les mots invariables

Nous donnons ici une liste de mots invariables souvent mal orthographiés. Bien les faire lire à l'élève puis en choisir quelques-uns et les lui faire épeler sans faute.

ailleurs	désormais	pourtant
ainsi	envers	quelquefois
alors	environ	sans
après	exprès	selon
aujourd'hui	guère	sitôt
aussi	hors	surtout
aussitôt	longtemps	tant mieux
autrefois	lors	tant pis
beaucoup	lorsque	tôt
bientôt	maintenant	travers
cependant	malgré	toujours
certes	mieux	vers
d'abord	moins	volontiers
davantage	néanmoins	
depuis	parmi	

Cf. dictée 38

Leçon n° 5

Les adverbes en -ment

Les adverbes se terminant par le suffixe **-ment** sont des adverbes de manière. Comme tous les adverbes, ils sont invariables. Pour bien les orthographier, il convient de penser à la façon dont ils sont formés.

• En général, on a ajouté le suffixe -*ment* à la forme féminine de l'adjectif correspondant : copieuse > copieusement, naturelle > naturellement.

• Ou bien, on a ajouté -*ment* à la forme masculine de certains adjectifs : joli > joliment, éperdu > éperdument.

• Mais on a pu aussi remplacer le -*e* du féminin par un accent circonflexe : crue > crûment, assidue > assidûment.

• Par analogie avec les adjectifs terminés par -*é*, certains adverbes en -*ment* s'écrivent -*ément* au lieu de -*ement* : précise > précisément.

• À partir des adjectifs en -*ent* et -*ant*, on a formé les adverbes en -*emment* et en -*amment* qui sont les seuls à prendre deux m : méchant > méchamment, prudent > prudemment.

Cf. dictée 39

Leçon n° 6

L'inversion du sujet

On parle d'inversion du sujet lorsque le sujet est placé après le verbe (sa position canonique dans la phrase simple étant devant le verbe). Mais quelle que soit la position du sujet, le verbe s'accorde toujours avec lui.

- Quelques cas d'inversion du sujet :
- Dans la phrase interrogative : Que fais-tu ?
- Dans les incises : « J'aime ce gâteau », dit-il.
- Dans certaines propositions relatives : Le gâteau que préparait ma mère semblait délicieux.
- Dans les propositions subordonnées introduites par *à peine* : À peine avait-il allumé la radio qu'il entendit le téléphone sonner.
- Dans les textes littéraires et particulièrement les textes poétiques, elle est très fréquente par effet de style.

- Pour identifier le sujet, ne pas oublier qu'il répond généralement à la question *qui est-ce qui* ? ou *qu'est-ce qui* ?

Cf. dictée 40

ÉTAPE 7

Leçon n° 7

quel[le][s] *et* qu'elle[s]

Il est très difficile de distinguer à l'oreille **quel[le][s]** et **qu'elle[s]**.

• **Quel [quels, quelle, quels]** peut être :

– **un déterminant interrogatif ou exclamatif** qui accompagne toujours un nom commun et s'accorde en genre et en nombre avec lui :
Ex. 1 : *Quel* plat préfères-tu ? *Quel* est un déterminant interrogatif s'accordant avec *plat*, masculin pluriel.
Ex. 2 : *Quelle* jolie veste ! *Quelle* est un déterminant exclamatif s'accordant avec *veste*, féminin singulier.

– **un pronom interrogatif** : il est attribut du sujet et s'accorde en genre et en nombre avec lui :
Ex. 3 : *Quelles* sont les épreuves à passer ? *Quelles* est attribut du sujet *les épreuves*, féminin pluriel.

• **Qu'elle [qu'elles]** est la combinaison de *que* et du pronom personnel de la troisième personne du féminin (singulier ou pluriel).
Ex. 4 : Il veut *qu'elle* fasse la cuisine.
Ex. 5 : Voici la robe *qu'elle* a achetée.

À retenir : si l'on peut remplacer la forme problématique par *qu'il[s]*, on écrit *qu'elle[s]* en deux mots. Sinon on écrit *quel[le][s]* en un mot.
Ex. 3 : [*Qu'il*] sont les épreuves à passer ? : ne fonctionne pas. On choisit *quel* et on l'accorde avec le sujet = *quelles*.
Ex. 4 : Il veut [*qu'il*] fasse la cuisine : fonctionne. On choisit *qu'elle* et on l'accorde avec le verbe = *qu'elle*.

Cf. dictées 41 et 42

Leçon n° 8

quoique *et* quoi que

• Il est très difficile de distinguer à l'oreille **quoique** et **quoi que**. De plus, ils introduisent tous les deux des propositions subordonnées exprimant la concession et sont tous les deux suivis du subjonctif.
Leur sens n'est pourtant pas le même :

– **Quoique** peut être remplacé par *bien que*.
Ex. : *Quoiqu'*il soit très poli, je ne l'aime pas. / *Bien qu'*il soit très poli, je ne l'aime pas.

– **Quoi que** peut être remplacé par *quelle que soit la chose que*.
Ex. : *Quoi que* tu fasses, je te suivrai. / *Quelle que soit la chose que* tu fasses, je te suivrai.

• Pour ne pas les confondre, il suffit donc d'essayer de remplacer la forme qui pose problème par *bien que*. Si la substitution fonctionne, il faut écrire *quoique* en un seul mot. Sinon, on écrit *quoi que*, en deux mots.

Cf. dictée 44

Dictée n° 35

Cf. leçon 1, p. 77

Exploration dans les ténèbres

Mais *tout* à coup, après plusieurs éternités passées à me **traîner**, collé à la paroi de ce précipice **concave** et affolant, ma tête heurta quelque chose de dur, et je compris que je venais d'atteindre le toit, ou *tout* au moins quelque palier. Toujours dans le noir, je **levai** une main et tâtai l'obstacle. Je **m'aperçus** qu'il était de pierre, et **immuable**. [...]
[Je] me redressai lourdement et fouillai la nuit de mes mains, à la recherche de fenêtres afin de pouvoir, pour la première fois, poser les yeux sur le ciel, la lune et les étoiles dont m'avaient parlé mes livres. Mais sur *tous* ces points je fus déçu : car *tout* ce que je rencontrai, ce furent d'interminables alignements de profondes étagères de marbre, chargées de longues et inquiétantes boîtes que je touchai en frissonnant.

H.P. Lovecraft, *Je suis d'ailleurs*, dans *La Dimension fantastique 1*, *anthologie présentée par Barbara Sadoul*, traduit par Yves Rivière, Librio n° 150.
© Denoël, 1961.

Commentaires

• **traîner** : ne pas oublier l'accent circonflexe sur le *i* de ce verbe à toutes les personnes et à tous les temps, ainsi que sur ses composés [*traîneau, traînard...*].

• **concave** : de forme incurvée vers l'intérieur.

• **levai** : le verbe est au passé simple car il décrit une action passée datable et clairement délimitée, et s'inscrit dans une suite d'actions rendues au passé simple [*heurta, compris, tâtai, m'aperçus*, etc.] (cf. leçon : Passé simple ou imparfait ?, p. 68).

• **m'aperçus** : un seul *p*. Ne pas oublier la cédille sous le *c* devant le *u* pour faire le son [s].

• **immuable** : qu'on ne pouvait pas faire bouger.

Dictée n° 36

Cf. leçon 2, p. 78

De l'infidélité des femmes

Emilia. — [...] Mais je pense que c'est la faute de *leurs* maris si les femmes **succombent**. S'il arrive à ceux-ci de négliger *leurs* devoirs [...] ou d'éclater en maussades jalousies et de nous soumettre à la contrainte, ou encore de nous frapper ou de réduire par dépit notre budget accoutumé, **eh bien !** [...] quelque vertu que nous ayons, nous avons de la rancune. Que les maris le sachent ! *leurs* femmes ont des sens comme eux ; elles voient, elles sentent, elles ont un palais pour le doux comme pour l'**aigre**, ainsi que les maris. [...] Alors qu'ils nous traitent bien ! Autrement, qu'ils sachent que *leurs* torts envers nous nous autorisent nos torts envers eux !

Shakespeare, *Othello*, traduit
par François-Victor Hugo, Librio n° 108.

Commentaires

- **succombent :** cèdent à la tentation.
- **eh bien ! :** dans cette interjection, il faut écrire *eh* et non pas *et*. Attention à ne pas la confondre avec l'interjection *hé* qu'on utilise souvent pour interpeller quelqu'un ou faire un reproche.
- **aigre :** un goût aigre est un goût acide et désagréable.

Dictée n° 37
Cf. leçon 3, p. 79

Le vieux laboureur

Dans ce texte, pour ne pas compliquer la lecture, nous n'avons pas mis en italique les nombreux mots portant un ou plusieurs accents – il est en effet facile de les repérer.

La journée était claire et tiède, et la terre, fraîchement ouverte par le tranchant des **charrues**, **exhalait** une vapeur légère. Dans le haut du champ, un vieillard, dont le dos large et la figure sévère rappelaient celui d'**Holbein**, mais dont les vêtements n'annonçaient pas la misère, poussait gravement son *areau* de forme antique, **traîné** par deux bœufs tranquilles, à la robe d'un jaune pâle, véritables **patriarches** de la prairie, hauts de taille, un peu maigres, les cornes longues et rabattues […].

Le vieux laboureur travaillait lentement, en silence, sans efforts inutiles.

George Sand, *La Mare au diable*, Librio n° 78.

Commentaires

• **charrues :** les mots de la famille de *char* prennent tous deux *r* à l'exception de *chariot*.

• **exhalait :** signifie ici *dégager* [une vapeur].

• **Holbein :** peintre allemand du XVIᵉ siècle qui se spécialisa dans la peinture de portraits.

• **areau :** ancêtre de la charrue.

• **traîné :** ne pas oublier que le verbe *traîner* et ses dérivés s'écrivent avec un accent circonflexe sur le *i* (ex. : *entraîner, traîneau*…).

• **patriarche :** vieillard respecté entouré d'une nombreuse famille.

Dictée n° 38
Cf. leçon 4, p. 80

Les mœurs corses

Il ne faut *point* juger les mœurs de la Corse avec nos petites idées européennes. Ici un bandit est ordinairement le *plus* honnête homme du pays [...]. Un homme tue son voisin en plein jour sur la place publique, il gagne le **maquis** et **disparaît** pour *toujours*. *Hors* un membre de sa famille qui correspond avec lui, personne ne sait ce qu'il est devenu. [...] Quand ils ont fini leur **contumace**, ils rentrent chez eux comme des ressuscités [...].

[...] Ils vous racontent eux-mêmes leur histoire en riant, et ils s'en glorifient tous *plutôt* qu'ils n'en rougissent ; c'est *toujours* à cause du point d'honneur, et *surtout* quand une femme s'y trouve mêlée, que se déclarent ces **inimitiés** profondes qui [...] durent *quelquefois plusieurs* siècles [...].

Gustave Flaubert, *Voyage en Corse* dans *Corse noire,*
anthologie présentée par Roger Martin, Librio n° 444.

Commentaires

- **maquis :** végétation constituée d'arbrisseaux capables de supporter l'aridité. Le maquis corse offre une bonne cachette aux bandits en fuite. Pour deviner la consonne finale muette de ce mot, on peut penser à *maquisard*, mot de la même famille.
- **disparaît :** ce composé de *paraître* prend un accent circonflexe sur le *i* chaque fois que celui-ci est placé devant un *t*.
- **contumace :** désigne ici la période pendant laquelle le bandit a disparu pour échapper à la justice.
- **inimitié :** ce mot est le contraire du mot *amitié*.

Dictée n° 39

Cf. leçon 5, p. 81

Les méfaits de l'opinion publique

Que s'est-il donc passé, comment ton peuple, France, ton peuple de bon cœur et de bon sens, **a-t-il** pu en venir à cette férocité de la peur, à ces ténèbres de l'intolérance ? On lui dit qu'il y a, dans la pire des tortures, un homme **peut-être** innocent, on a des preuves matérielles et morales que la révision du procès s'impose, et voilà ton peuple qui refuse *violemment* la lumière [...].

Quelle angoisse et quelle tristesse, France, dans l'âme de ceux qui t'aiment, qui veulent ton **honneur** et ta grandeur ! [...]

Songes-tu que le danger est *justement* dans ces ténèbres têtues de l'opinion publique ? Cent journaux répètent *quotidiennement* que l'opinion publique ne veut pas que Dreyfus soit innocent, que sa culpabilité est nécessaire au salut de la patrie. [...] Aussi, ceux de tes fils qui t'aiment et t'**honorent**, France, n'ont-ils qu'un devoir ardent, à cette heure grave, celui d'agir *puissamment* sur l'opinion [...].

Émile Zola, *Lettre à la France* dans *J'accuse !*, Librio n° 201.

Commentaires

- **a-t-il** : ne pas oublier les traits d'union.
- **peut-être** : locution adverbiale, ne pas oublier le trait d'union.
- **Quelle** : déterminant exclamatif qui s'accorde avec le nom qu'il introduit, ici *angoisse*, féminin singulier, puis *tristesse*, féminin singulier (cf. leçon : quel[le][s] *et* qu'elle[s], p. 83).
- **honneur / honorer** : attention, *honneur* prend deux *n* mais *honorer* un seul (de même que *honorable*, *honoraire*, *déshonorant*...).

Dictée n° 40

Cf. leçon 6, p. 82

La leçon de dessin

Le maître alla de chevalet en chevalet, grondant, flattant, plaisantant, et faisant, comme toujours, craindre plutôt ses plaisanteries que ses réprimandes. [...] Elle prit une feuille de papier et se mit à **croquer** à la **sépia** la tête du pauvre reclus. Une œuvre conçue avec passion porte toujours un **cachet** particulier. Aussi, dans la circonstance où se trouvait *Ginevra*, l'intuition qu'elle devait à sa mémoire vivement frappée, ou la nécessité peut-être, cette mère des grandes choses, lui prêta-t-elle un talent surnaturel. La tête de l'officier fut jetée sur le papier au milieu d'un tressaillement intérieur qu'elle attribuait à la crainte [...].

La beauté de l'inconnu [...] que lui prêtaient *son attachement à l'Empereur, sa blessure, son malheur, son danger même*, tout disparut aux yeux de Ginevra, ou plutôt tout se fondit dans un seul sentiment, nouveau, délicieux.

Balzac, *La Vendetta*, Librio n° 302.

Commentaires

- **croquer** : dessiner rapidement et à grands traits un modèle pour en saisir l'attitude ou l'expression générale.
- **sépia** : sorte d'encre utilisée pour dessiner.
- **cachet** : marque distinctive qui fait l'originalité d'une œuvre d'art.

Dictée n° 41

Cf. leçon 7, p. 83

L'infidélité est masculine

HERMIANNE. — Oui, Seigneur, je le soutiens encore. La première inconstance, ou la première infidélité, n'a pu commencer que par quelqu'un d'assez hardi pour ne rougir de rien. Oh! comment veut-on que les femmes, avec la pudeur et la timidité naturelle *qu'elles* avaient, et *qu'elles* ont encore depuis que le monde et sa corruption durent, comment veut-on *qu'elles* soient tombées les premières dans des vices de cœur qui demandent autant d'audace, autant de **libertinage de sentiment**, autant d'effronterie que ceux dont nous parlons? Cela n'est pas croyable.

Marivaux, *La Dispute*, Librio n° 477.

Commentaires

• **libertinage de sentiment :** inconstance, dérèglement dans le sentiment amoureux.

Dictée n° 42

Cf. leçon 7, p. 83

L'orgueil d'une maîtresse vu par sa servante

CLÉANTHIS. — Je sors, et **tantôt** nous reprendrons le discours, qui sera fort divertissant ; car vous verrez aussi **comme quoi** Madame entre dans une loge au spectacle, avec *quelle* emphase, avec *quel* air imposant, **quoique** d'un air distrait et sans y penser ; car c'est la belle éducation qui donne cet **orgueil-là**. Vous verrez comme dans la loge on y jette un regard indifférent et dédaigneux sur des femmes qui sont à côté, et qu'on ne **connaît** pas. [...]

Marivaux, *L'Île des esclaves*, Librio n° 477.

Commentaires

- **tantôt :** signifie ici *bientôt* (sens aujourd'hui vieilli).
- **comme quoi :** même sens que *comment*.
- **quoique :** quand on peut le remplacer par *bien que*, on écrit *quoique* en un mot (cf. leçon : quoique *et* quoi que, p.84).
- **orgueil :** le *u* vient immédiatement après le *g*, car *-euil* devient *-ueil* après *g* et *c* (ex.: *cueillir*).
- **orgueil-là :** ne pas oublier le trait d'union qui rattache toujours la particule adverbiale *là* au mot qui la précède.
- **connaît :** ne pas oublier l'accent circonflexe sur le *i* chaque fois que celui-ci est placé devant un *t*.

Dictée n° 43

Cf. leçon 8, p. 84

Des pluies diluviennes

Nous avons réécrit la fin du texte pour en simplifier le sens.

Hélas ! **je l'ai encore, cette pauvre enfant** ; et *quoi qu'*elle ait pu faire, il n'a pas été en son pouvoir de partir le [dix] de ce mois, comme elle en avait **le dessein.** Les pluies ont été et sont encore si excessives, qu'il y aurait eu de la folie à **se hasarder.** Toutes les rivières sont débordées, tous les grands chemins sont noyés […]. […] je vous avoue que l'excès d'un si mauvais temps fait que je me suis opposée à son départ pendant quelques jours. Je ne prétends pas qu'elle évite le froid, ni les boues, ni les fatigues du voyage ; mais je ne veux pas qu'elle soit noyée.

Cette raison, *quoique* très forte, ne la retiendrait pas **présentement.**

Madame de Sévigné, d'après la *Lettre au comte de Grignan du 16 janvier 1671*, dans « *Ma chère bonne…* », Librio n° 401.

Commentaires

• **je l'ai encore, cette pauvre enfant :** Madame de Sévigné parle ici de sa fille qui veut quitter Paris mais en est empêchée par des pluies torrentielles, et doit par conséquent rester auprès de sa mère. *Je l'ai encore* signifie ainsi : « je l'ai encore auprès de moi ».

• **le dessein :** l'intention. À ne pas confondre avec le *dessin* que l'on dessine.

• **se hasarder :** se risquer (sous-entendu : « à partir »).

• **présentement :** adverbe aujourd'hui vieilli qui signifie *maintenant, au moment où je parle.*

Alphabet phonétique des voyelles
et des consonnes mentionnées

Voyelles

[i] lit
[e] blé, lancer
[ɛ] mère, mais, forêt, mercredi
[a] chat
[ĩ] brin, main
[y] vu

Consonnes

[f] fable
[n] anormal
[r] rat
[ʒ] venger, jeter

653

Composition PCA – Rezé
Achevé d'imprimer en France par CPI - Aubin
en octobre 2009 pour le compte de E.J.L.
87, quai Panhard-et-Levassor, 75013 Paris
EAN 9782290341865
Dépôt légal octobre 2009
1er dépôt légal dans la collection : juillet 2004

Diffusion France et étranger : Flammarion